本书由华中科技大学自主创新重点项目"汉学家
翻译艺术研究"（2023WKYXZD008）资助出版

鲁迅 小说翻译研究

—王树槐 著—

WUHAN UNIVERSITY PRESS
武汉大学出版社

图书在版编目(CIP)数据

鲁迅小说翻译研究 / 王树槐著 . -- 武汉：武汉大学出版社，
2025.4. -- ISBN 978-7-307-24769-7

Ⅰ. I210.97

中国国家版本馆 CIP 数据核字第 2024NS7290 号

责任编辑:邓 喆　　责任校对:汪欣怡　　版式设计:韩闻锦

出版发行:**武汉大学出版社**　（430072　武昌　珞珈山）

（电子邮箱:cbs22@whu.edu.cn　网址:www.wdp.com.cn）

印刷:武汉邮科印务有限公司

开本:720×1000　1/16　印张:12.5　字数:167 千字　插页:1

版次:2025 年 4 月第 1 版　　2025 年 4 月第 1 次印刷

ISBN 978-7-307-24769-7　　定价:65.00 元

前　　言

　　鲁迅是中国现代文学的重要奠基人之一。他察力深邃，笔触锐利，对晚清民国进行了多方位描写与批判。鲁迅小说主题多样，包括对社会问题的揭露，对国民性的批判，对传统文化的反思，对现代性的呼唤，等等。鲁迅小说的语言简练有力，晦涩冷峻，充满讽刺与黑色幽默，富于隐喻和象征意义。今天我们重读鲁迅小说，仍然会叹服于他敏锐的观察、入髓的批判、充满张力的文字。

　　正因为鲁迅小说主题的复杂、风格的隐晦、语言的独特，翻译便对译者构成了极大的挑战。目前为止有 18 位译者翻译过鲁迅小说（杨坚定、孙鸿仁，2010），其中影响最大的有四个译本。王际真译本是选译本，1941 年由哥伦比亚大学出版社出版，其语言平实流畅、简洁易懂。此外，传播最广的则是三个全译本，分别是杨宪益与戴乃迭译本、美国汉学家威廉·莱尔（William A. Lyell）译本以及英国汉学家蓝诗玲（Julia Lovell）译本。这三个译本诞生的时代不同、风格不同、出版社不同，在英语世界的影响不同，普通读者的反馈也不相同。

　　杨宪益和戴乃迭夫妇从 20 世纪 50 年代就开始翻译《阿 Q 正传》，陆续译完《呐喊》《彷徨》《故事新编》，译文出版于中国的外文出版社。他们的译文忠实、典雅，享有很高的声誉，而且在相当长的一段时间内没有其他译文出现，因此国外很多出版社，如诺顿出版社、牛津大学出版社、纽约大学出版社等，纷纷重版。然而当代读者也常批评他们的译文不够生动，语言有些陈旧。莱尔译文产生于中美交往活跃的 1990 年，译文一经夏威夷大学出版社出版，便迅速引起学界的关注和热评。莱尔译本是三个全译本中最忠实地再现鲁迅语言风格和注释最多的译文。对于鲁迅作品的主题，以及重复、反讽、隐喻等语言手段，他有足够的认识，并以卓越的文体艺术成功将其表现出来。当然，这与他博士论文研究鲁迅是分不开的。新生代汉学家蓝诗玲的译文于 2009 年出版于企鹅出版社，此时汉学研究范式、英语的语言审美倾向都发生了很大的变化。蓝诗玲顺应了这样的变化，用顺畅、富于张力、充满反讽的当代英语重译了鲁迅小说，译文问世后好评如潮。而且，由于企鹅出版社致力于经典出版的声誉，蓝译本在广大读者中传播最快。

目前对于鲁迅小说翻译研究，知网上可以查到论文 430 余篇，专著有《异域的体验》(汪宝荣，2015)、《语料库驱动下的鲁迅小说译者风格研究》(卢晓娟，2015)、《蓝诗玲鲁迅小说翻译艺术研究》(卢晓娟，2019)。这些研究从不同侧面作出了很大贡献。然而读者还是需要一本从文体学、叙事学、情感批评、批评话语分析、传播学、文化学等方面综合研究鲁迅小说翻译的著作。出于这样一个目的，笔者陆续撰写了这方面的研究论文，并汇集成书。本研究虽然作出了一些思考，然而漏洞瑕疵之处定会不少。鲁迅小说，以及鲁迅小说翻译，都是学界永恒的研究主题。因此，这一领域的研究将会不断持续下去。

王树槐

目　　录

第一章　鲁迅小说翻译的意识形态比较研究

1　引　言

在当前翻译批评出现"瓶颈""失语"(刘云虹、许钧，2014：8)的语境下，跨学科移植是推进翻译批评走出困境的优选方法。对于翻译批评的客体，目前学界关注最多的是文本的语言问题，随着文体学、叙事学、修辞学的借用，这方面的研究已日臻成熟。因此研究点逐步扩展到语言外因素，如译者的价值观和意识形态问题，而批评话语分析(CDA)便是一个有效的分析工具。本文将就批评话语分析路径的翻译批评作出探索。

2　批评话语分析

批评话语分析将社会分析的批评传统带到语言研究，并为批评性社会分析贡献两个视角：一是话语，二是话语和其他社会因素(权力关系、意识形态、体制、社会身份等)之间的关系 (Fairclough，2012：9)。批评话语分析领域最重要的三位学者是诺曼·费尔克劳(Norman Fairclough)、特恩·A. 范戴克(Teun van Dijk)和露丝·沃达克(Ruth

Wodak）。他们都强调话语与权力/意识形态的关系，强调话语实践对社会的建构和改造，但是对话语与"权力、意识形态、社会问题与改造"相互作用的具体过程和中间环节的看法不一样，因此理论体系和分析方法也不一样。

　　Fairclough 的理论基石是语篇实践分析，它包括三个维度。一是将话语作为语篇进行描写（description），着重点在于分析词汇、语法、衔接、语篇结构，其方法是系统功能语言学。二是通过话语实践对语篇进行阐释（interpretation）：语篇的生产是如何促发的，语篇的传播形式是什么，语篇又由哪些读者群消费。三是社会实践对语篇的解释（explanation）：意识形态和霸权怎样决定了话语实践和话语秩序（order of discourse）。互文性存在于三个维度，它是改变话语秩序的重要手段（Fairclough，1992）。Fairclough 后期主张话语分析的"论辩转向"（argumentative turn），将叙事、描写、解释都归于论辩之下（Fairclough & Fairclough，2012：29-30）。Fairclough 将批评话语分析的核心任务推向"辩证的论理"（dialectic reasoning）：通过解释话语对社会现实的建构，运用话语评论（critique）来改变社会现实，促成社会行动，其实质是"批评—解释—行动"（Fairclough，2018）。他的研究方法有：辩证—关联分析法（dialectical-relational approach）（四步骤的解释法）、超学科（transdisciplinary）分析法（包括系统功能语言学、伯恩斯坦的社会理论、拉克劳和墨菲的政治哲学等）、马克思主义分析法（从关系论中分析政治、经济、历史问题）等（Fairclough，2010：225-373）。与系统功能语言学相比，他的话语研究超越之处在于体裁（社会行动或互动的符号学方式）、话语（不同群体的行动者从不同位置和视角对物理、社会、心理世界所进行识解的符号学方式）和文体（存在的方式，即身份）。而这些构成了社会场域、体制、组织的符号学维度的社会实践，便是话语秩序（Fairclough，2012：11）。

　　Van Dijk 的理论中心在于"话语—认知—社会三角"。他将"认知"作为中间环节，引入了心理语言学、哲学、逻辑学、大脑科学领域的成果，含涉：①个体认知，包括思维、记忆（短时记忆 vs. 长时记忆，情节记忆vs.语义记忆）、心理模型（对事件和情景的情节记忆或自传式记忆)、语境模型(对交际事件相关特征的主观表征,如由背景、参与者、行动组成的图式结构)。②社会认知,包括知识机制(知识共同体所共享的、根据标准而认可的社会文化信念)、意识形态(特定社会群体所共享的、基本性的、公理性的信念)、态度(对某一事件社会共享的、基于意识形态的观点,它具有规范性)(van Dijk,2014a:391;2018:30-32)。在话语方面,van Dijk 重视对话语结构的描写和分析,包括重音,语调,词序,意义,连贯,观点和情感词,主题,指示词,言语行为,证据,常规的、经典的、结构,隐喻,意识形态的极化(van Dijk,2018:32-33),事件模型(van Dijk,2014a:394)。关于意识形态,van Dijk 首先从认知角度分析它的结构,包括成员、行动、目标、价值/规范、位置与群体关系、资源(van Dijk,1998:69-70);然后在话语层次指出,意识形态表现于语境、话题、局部意义(包括描写的详细度、明示—隐含、局部连贯、词汇选择)、话语纲要、文体、修辞、互动策略、操纵等方面(ibid:263-275)。其理论体系的研究方法——社会—认知分析法,既纳入了传统的语篇与会话分析,又结合认知来分析社会、权力、政治等问题。因为社会结构和话语结构之间没有直接的联系,话语的生产、理解、使用,都需要参与者的心理表征来协调(van Dijk,2014b:134),心理表征就成为 van Dijk 话语分析的重要环节。

Ruth Wodak 和其他"话语—历史学派"学者将历史、语境、话语与社会问题联系起来,分析语言的障碍、歧视(种族、性别与移民)、媒体、教育、身份建构、生态等问题。我们重点介绍与翻译研究相关的四个理论:语境,再语境化,身份建构,话语—历史分析法。

(1)语境。Wodak 和同派学者将语境分为微观、中观、宏观三个部分,包括:①语篇与话语上下文的主题与句法的连贯、词汇关联、搭配、隐含意义、预设、局部互动;②语段、语篇、体裁、话语之间的互文性和互语性(interdiscursivity);③中观层次里特定情景的社会因素和体制框架,如正式程度、互动角色、政治与意识形态倾向、民族与宗教身份,等等;④宏观层次的社会政治与历史语境(Wodak,2001:67;Reisigl,2018:52)。

（2）再语境化（recontextualization）。Van Leeuwen（2008：12）认为再语境化是一种社会实践，再语境化链包括一系列非语言行动、语言行动，以及语言行动与非语言行动的变换。

（3）身份。Wodak 区分了两种身份：个人身份与国家身份。个人身份一方面与历史和文化的主题相关，另一方面与"自我""平等""相似""独特性""自治性""统一"等主题相关。建构它的手段有人称指涉、空间指涉、时间指涉（Wodak et al.，2009：26，35）。国家身份的形成有四种策略：①建构策略，包括同化、容纳、持续等 7 项策略；②永久化或合理化策略，包括正面呈现自我等 8 项策略；③转变策略，包括异质化或提防异质化等 6 项策略；④损毁策略，包括损毁对手等 8 项策略（Wodak et al.，2009：36-42）。

（4）话语—历史分析法。它倡导三种评论（critique）方法：①语篇或话语内部评论，它基于阐释学，讨论逻辑—语义、衔接、句法，以及施为性、预设性、含义性、论辩性、谬误性、互动性的结构。②社会诊断评论。它旨在解释话语实践中劝说性、宣传性、多元素、操控性的特征。其目的在于揭示话语与社会实践之间的矛盾和对立。③前瞻式评论。它遵照一定的规范性和普遍性的信念（normative and universalist conviction），批评社会歧视、压迫、控制、排外、剥削，支持解放、自我决断、社会认可（Wodak，2001：65；Reisigl，2018：50-51）。

话语—历史分析法的研究方案包括：①确定行动场域和控制场域；②确定不同的体裁类型；③确定不同的话语题目；④确定不同的语篇类型。

这是一个"宏观理论→中观理论→话语理论"的"自上而下"的分析过程（Wodak，2001：68-69）。话语分析的策略又包括 5 个方面：①命名，它建构社会行动的因素，如行动者、行动过程、现象、物项、事件；②预测，它界定社会行动因素的性质；③论辩，它对受众做基于真理、规范的正确、合理的劝说；④视角化，指作者与论题的介入程度和距离；⑤减轻与强化，指对话语认识方面、道义方面言外之力的调整（Reisigl，2018：52）。

3　研　究　方　法

本研究选取鲁迅小说《孤独者》的杨宪益与戴乃迭译本(以下简称杨译)、莱尔(William A. Lyell)译本(以下简称莱译)、蓝诗玲(Julia Lovell)译本(以下简称蓝译)作为批评对象。我们基于 Fairclough 的社会实践分析法,并稍做调整:因为篇幅和研究主题所限,我们略去第二维度,即语篇的生产、传播、消费过程。

我们首先对语篇和话语进行描写,运用 Fowler (1991) 和 Fairclough 社会实践分析法中的"及物性、互文性",van Dijk 社会—认知分析法中的"意识形态策略、语境模型、心理模型",Wodak 和 Reisigl 话语—历史分析法中的"身份建构、语境策略、再语境化",揭示译者对《孤独者》所呈现的不同的主题意识形态;然后转入社会实践对语篇的解释:分析译者所处的社会语境和阐释鲁迅小说时所持的意识形态,进一步解释《孤独者》不同译本的话语生产和所体现的意识形态存在差异的原因。所用的方法是 Fairclough 的马克思主义分析法和 Wodak 的语境分析法。

4　《孤独者》三个译本与译者的意识形态比较

关于意识形态,学界通行的观点是,"一个社会群体中成员有意识或无意识持有的对世界的信念和态度"(Gibbons & Whiteley,2018:130)。这也是本文的观点。意识形态的表达,除了通过传统的社会问题批判外,身份分析也是一个有力手段(Malešević,2006:3)。

4.1　《孤独者》主题意识形态比较

我们细读三个译本,将含有意识形态差异的句子全部析出。分析表明，这些差异指向两个方面：人物身份建构和社会现实批判。

4.1.1 人物身份建构

《孤独者》的主要人物是魏连殳，他是夹在守旧传统和新式思想之间的知识分子，怀有改造社会的理想，然而在保守、自封的社会中被视为异类和孤独者，因难以生存而屈服于黑暗势力，最终以自戕表达对现实的绝望反抗。小说的次要人物有：连殳祖母（被孤立的孤独者）、连殳老家村民（愚昧、麻木、看客）、连殳堂兄（自私、贪婪）、大良祖母（连殳房东，势利）以及大良和二良（被环境教坏的儿童）。三个译本对他们的身份建构不尽相同。

4.1.1.1 魏连殳身份建构

在现实生活中，魏连殳这一形象被认为是鲁迅和范爱农的融合，他的身份经历了"异类者→理想者→求乞者→报复者→孤独者"的转变。（钱理群，1995；李玉明，2005；郜元宝，2019）下面我们逐一探讨翻译家对这五种身份的不同建构。

A. 异类者

原作从两个属性建构魏连殳的异类者身份：怪异、冷漠。原文 6 次出现"怪异"类词汇，三个译本选词如表 1-1 所示。

表 1-1 "怪异"属性的选词

	异样（3 次）；古怪（2 次）；异类（1 次）
杨译	odd fellow, freak, freakish（2 次），queer, not like us
莱译	oddball, quite different, strange, not like us（3 次）
蓝译	eccentric, eccentricity, foreignness, not like us, rum, 省译 1 处

对这一身份的建构，译者主要是通过词汇选择，如"加重/减轻/委

婉语"等(Fairclough，1992：75；van Dijk，1998：270；Reisigl，2018：52)实现的。经查 *Webster's New Dictionary of Synonyms* 等词典，在表示"奇怪"意义的时候，strange 是基本词汇；odd 指异于正常，因而让人不解；eccentric 指偏离常规显得滑稽可笑；queer 程度高于 odd 和 eccentric，暗指让人难以置信；freak 与 caprice(任意妄为)为同义词，暗指像精神病人一样不受控制；foreign 是中性词，指与某一群体性质相异；oddball 和 rum 是莱译和蓝译用到的轻松口语，带有揶揄口吻。可见，在建构魏连殳怪异形象的时候，杨译表现出最严肃、最负面的形象；莱译是中度的怪异；而蓝译是轻度的怪异，甚至还暗示了一丝滑稽可爱。

对于"冷漠"，三个译本选词如表 1-2 所示。

表 1-2　"冷漠"属性的选词

	冷冷(7 次)	冷峭	爱理不理
杨译	cold(4 次)、coldness、reserve、cynically	cynicism	cavalier
莱译	indifferent、cold and aloof、sarcastically、be his usual cold self、colder than I had seen、cold(2 次)	icy sarcasm	indifference
蓝译	expressionless、reserved、one without any warmth、aloofness、bleak、shutting me out、改译 1 处	cynicism	kept himself to himself

在翻译魏连殳的"冷漠"时，杨译主要用 cold 和 cynicism。根据词典 *Collins Cobuild* 的解释，cynicism 是指认为人们总是自私或者不体面地行事的信念(belief that people always act selfishly or not honourable)，因此杨译建构的是一个内心冰冷且拒绝社会接纳的形象。莱译从外部行为和内心性情两个维度来建构魏连殳的形象：冷漠(cold)、清高

(aloof)、冷嘲热讽(sarcasm)、对他人漠不关心(indifference)。蓝译更多是从外部表情和行为来建构魏连殳的身份:毫无表情、没有热情、拒他人于门外、清高;另外,"不像平时的冷冷"被翻译为"melted the moment he saw them",基本不涉及内心性情。总体上,杨译塑造的是一个心如死灰的魏连殳,莱译塑造的是一个高冷、玩世不恭的魏连殳,蓝译塑造的是一个外表冷漠、内心却还存有希望的魏连殳。

B. 理想者

魏连殳受过新式教育,希望能通过变革改造社会,实现自己的理想。在对这一身份的塑造上,翻译家的表达不尽相同。比如下面这句:

原文:他们知道连殳是"吃洋教"的"新党",向来就不讲什么道理。

杨译:Wei, as a "modern", "a follower of foreign creeds", had always proved unreasonable.

莱译:They all knew that he was one of those "new party" people who "ate off foreign religions" and had never talked reason in his whole life.[7]

(脚注 7:The villagers use "new party" as a cover term to describe all modernizers; to "eat off a foreign religion" is to make a living by toadying to foreign missionaries.)

蓝译:they knew that Lianshu was an unreasonably progressive type who'd converted to the foreign devils' religion.

我们看到,杨译是常规的、对应原文的翻译;莱译运用了"语境模型"(van Dijk, 2018:31):通过脚注的补充,准确地说明民国期间"吃洋教""新党"的行为方式;蓝译运用了"显著互文性"(manifest intertextuality)(Fairclough, 1992:117):在译文前言中,她 5 次用到 progressive 来界定《新青年》杂志和"五四"学者,还阐述了普通民众眼中新式教育接受者与"洋鬼子"(foreign devils)之间的关系,并且进一步让 foreign devils 与《自序》《头发的故事》《阿 Q 正传》中的"洋鬼子"形成互文。蓝译建构的是一个最具理想化的身份。

C. 求乞者

因为理想与现实的巨大差异，魏连殳无法在社会中生存下去。他向黑势力妥协，当了反动军阀杜师长的顾问，求乞多活几天。比如下面这一句：

原文：我还得活几天

杨译：I have to live a little longer

莱译：I have to go on living a bit longer

蓝译：I... I have to try to find a way to keep going

魏连殳求乞的"我还得活几天"，在原文出现了三次。杨译和莱译都重复了三次；蓝译第一、第三次重复，第二次转化为 Lianshu's hopeless request... often returned to haunt me。杨译和莱译都与原文保持等量的意识形态，然而蓝译强化了魏连殳因生活艰难转而求乞的无奈。首先，"try to find a way""keep going"是一种特殊"口吻"（tone）（Fairclough，1992：143），塑造的是一个极尽一切仅为延续生命的形象；其次，两个"I"之间有省略号，省略号的功能在于表示人物的犹豫、踟蹰、害羞（Woods，2006：158）；再次，改译的"hopeless request"明示了连殳因无望而求乞。

总体上，蓝译建构的"求乞者"身份最突显，莱译次之，杨译最弱。

D. 报复者

魏连殳向黑暗势力妥协后，又无法从心底接受他们，对他们产生憎恶、痛恨，最终用自戕实现自己绝望的报复。

原文：这里有新的宾客，新的馈赠，新的颂扬，新的钻营，新的磕头和打拱，新的打牌和猜拳，新的冷眼和恶心，新的失眠和吐血……

杨译：There are new guests, new bribes, new flattery, new seeking for promotion, new kowtows and bows, new mahjong and drinking games, new haughtiness and disgust, new sleeplessness and vomiting of blood...

莱译：but everything in it is new now：new guests, giving me new presents and singing me new praises. You'll also find new people, newly engaged in worming their ways into my good graces to improve their positions. There are new kowtows and new bows, new card games, new finger-guessing games, new icy stares and evil hearts—and also new sleepless nights and a new spitting of blood...

蓝译：Now it is filled with new guests, new bribes, new flattery, new intrigues, new kowtows, new bows, new mahjong games, new drinking games, new plots and villainies；new sleepless nights and new spitting of blood...

原文有 8 个"新的"，前面 6 个是"新的邪恶势力"，后面 2 个是魏连殳萌发的"报复"。杨译遵从原文，译为 8 个"new"结构；莱译则采用新的"论辩视角"（argumentative perspective）（Fairclough & Fairclough, 2012：85），首先总说 everything is new，然后用 12 个"new"结构，并用破折号将最后 2 个报复隔开；蓝译用了 11 个"new"结构，用分号将最后 2 个报复分开。这一句莱译的报复者身份最突出，蓝译次之，杨译最弱。

E. 孤独者

孤独者身份需要从两个方面分析。一是标题。杨译为 The Misanthrope，莱译和蓝译均为 The Loner。经查 *Webster's New Dictionary of Synonyms*，misanthropic 与 cynical、pessimistic 是同义词，指对人类或社会持有根深蒂固的怀疑或憎恨。笔者请教了一位英国资深英语教师和一位加拿大英语文学博士，他们的评论一致：misanthrope 现在已很少使用，与 loner 相比，这种对人类的憎恨和不信任是更严重的社会孤立；loner 是常规说法，指不愿意被别人打搅、喜欢独处的人。在标题上，杨译的身份建构是最强烈的。

二是表达"孤独者"身份的句子。杨译有 1 处使用了"减轻"（mitigation）（Reisigl，2018：52）的词汇策略，其他是对应翻译；莱译有 1 处改变了"隐喻"意象（Fairclough，1992：89；van Dijk，1998：208；Wodak et al.，2009：36），1 处强化词汇；蓝译有 1 处明示化，1 处结构倒装，强化魏连殳"孤独者"的身份。对于关键的一句"像一匹受伤的狼，当深夜在旷野中嗥叫，惨伤里夹杂着愤怒和悲哀"（原文重复两次），三个译文的身份建构是一致的。杨译前后身份建构不一致的原因，我们在后面解释。综合考虑，我们认为杨译建构的"孤独者"身份最强烈，莱译和蓝译次之。

4.1.1.2 连殳祖母的"孤独者"身份

连殳祖母将连殳养大，她受到村民的孤立甚至歧视，孤独一生。根据周作人的回忆，连殳祖母的原型是鲁迅祖母（Lyell，1990：325）。

原文：我虽然没有分得她的血液，却也许会继承她的运命。然而这也没有什么要紧，我早已豫先一起哭过了……

杨译：Although I have none of her blood in my veins, I may **inherit her fate**. But that doesn't matter, I have already bewailed my fate together with hers...

莱译：Though I don't have any of her blood in my veins, it looks as though I may well have **inherited her fate** anyway. It doesn't really matter though, for I've shed my tears in advance for that fate—and for hers as well—a long, long time ago.

蓝译：Even though we weren't blood relatives, maybe **she passed on** her destiny to me . But I've shed all the tears I'm going to shed for her, and for myself.

（粗体为作者加，后同）

根据 Halliday（2000：109）的及物性理论，物质过程包括行动者（agent）、过程（process）、目标（goal）。原文"也许会继承她的运命"，行动者是"连殳"，过程是"继承"，目标是"祖母的命运"。杨译和莱译都保留了原文的物质过程。蓝译的行动者是"祖母"，过程是"传递命运"，目标是"我"，这里发生了视点变化。及物性通过视点站位，使得意识形态变得突出（Fowler，1991：71）。与原文和另两个译文不同，蓝译将连殳祖母变为动作的主动发起者，强调了她对连殳的深刻影响，深化了她的孤独。总体上，蓝译建构的"孤独者"身份最突出，莱译其次，杨译最弱。

4.1.1.3 民众身份建构

《孤独者》中的民众包括村民、连殳堂兄、大良祖母，他们愚昧、狭隘、贪婪、势利、自私。例如下面这句，它写的是狭隘凶狠的村民不让叙事者靠近连殳遗体。

原文：（我慌忙说明我和连殳的关系，大良的祖母也来从旁证实，）他们的手和眼光这才逐渐弛缓下去，默许我近前去鞠躬。

杨译：Then **their hands and eyes** dropped ...

莱译：**their muscles** began to relax and **their eyes** gradually softened.

蓝译：Eventually, Lianshu's keepers stepped aside to...

杨译和莱译都使用了"视角化"（perspectivisation）（Reisigl，2018：52），将视角由人转移到身体部件上来。"施事者转移"（agent shift）这一语言现象往往暗示人物意志的控制降低（Ryder，2008：266），译者通过身体部件来暗示村民深植内心并化成自动习惯的狭隘和凶狠。然而两个译文又有区别。总体上，莱译建构的中国民众负面身份最突出，蓝译稍次，杨译最弱。

4.1.1.4　大良、二良身份

儿童和儿童教育是鲁迅小说的重要主题。《孤独者》中的大良、二良是被不良环境教坏变得势利的儿童形象。

原文：(门外一阵喧嚷和脚步声，四个男女孩子闯进来了。……手脸和衣服都很脏，)而且丑得可以。

杨译：they were thoroughly unprepossessing.

莱译：They were ugly.

蓝译：none of them struck me as particularly appealing.

对于译文中关于"丑"的描述，笔者再次请教了一位英国资深英语老师和一位加拿大文学博士，他们的评论依然一致：①莱译最直接、最冒犯，负面程度最高；②蓝译最委婉，有几分幽默，负面程度最低，是地道、常用的英语；③杨译的 unprepossessing 在当代英语中已很少使用，是陈旧的语言。

在建构大良、二良身份时，杨译采用了常规对应翻译；莱译有强化的负面词汇，并通过重复加重负面评价；蓝译则用减轻词汇，弱化了对孩子的厌烦，并通过显著互文性(借用英语俗语)减轻儿童的过错。总体上，蓝译对儿童的批判最温和且富有同情心；莱译最厌恶、最负面；杨译居于中间。

4.1.2　社会现实批判

鲁迅对民国社会的批判是多方面的且深刻透彻。黑暗的势力、吃人的礼教、迂腐软弱的知识分子、愚昧的国民，都是他批判的对象。《孤独者》中的社会批判体现在三个方面，而翻译家的建构又有不同。

4.1.2.1 对封建礼教的批判

中国传统的儒释道,特别是儒家思想,本初是以礼教化。然而,经过两千年的发展,儒家礼教逐渐发生了异化,演变为"封建礼教"的核心内容,成为维护封建统治秩序的规范体系,转变为束缚国民思想、残害女性、维持家族制与等级制的落后意识形态。例如:

原文:(但是学校里的人们……面黄肌瘦地从早办公一直到夜,其间看见名位较高的人物,还得恭恭敬敬地站起,)实在都是不必"衣食足而知礼节"的人民。

杨译:Thus they all practised plain living and high thinking

莱译:*The people will well mannered be, Only when fed sufficientlie.*

蓝译:proving that the maintenance of social niceties is not tied to material sufficiency.

鲁迅批判礼教把国民变成温顺之民,没有一丝抗争精神:"衣食不足而知礼节"。杨译和蓝译都是现代英语,莱译则是古英语,且用斜体。通过这一"文类互文"(interdiscursivity),或者"构成互文性"(Fairclough,1992:85),暗示这是中国古代遗留下来的礼教毒害。这一句的礼教批判,莱译是最突出的。

4.1.2.2 对黑暗势力的批判

鲁迅生活在一个军阀割据、武者当权、反动文人控制舆论的年代,对于这些,鲁迅横眉冷对,无情鞭挞。例如:

原文:使人一见就觉得我是在**挑剔学潮**

杨译:it cleverly insinuated that I was **stirring up trouble in the school**

莱译:They were cleverly phrased so as to make readers think I was trying to **incite a student movement**

（脚注：In May of 1925 Lu Xun and six other professors at Beijing Women's Normal School issued a declaration supporting the students against the authoritarianism of the school administration. An article in the Contemporary Review accused Lu Xun and his colleagues of "secretly inciting a student movement".）

蓝译：but they were ingeniously worded to give the direct impression I was **plotting revolution** on campus.

魏连殳说的"挑剔学潮"是隐指鲁迅在 1925 年支持女师大学生追求民主、进步，抗议学校黑暗势力，终被免去教育部佥事。杨译对应原文；莱译加了详细的脚注，是语境模型的补充；蓝译选词 plotting revolution 是强化词汇，表达了最突出的意识形态。可见，在批判黑暗势力的意识形态上，莱译和蓝译最激烈，杨译比较弱。

4.1.2.3 对知识分子的批判

鲁迅小说塑造了孔乙己、陈士成、四铭、涓生等一批性格有缺陷的知识分子。在《幸福的家庭》和《孤独者》中，他又批判了这样一些青年：他们身怀才华，却又软弱空谈，自暴自弃。例如：

原文：使人不耐的倒是他的有些来客，大抵是读过《沉沦》的罢，时常自命为"不幸的青年"或是"零余者"，螃蟹一般懒散而骄傲地堆在大椅子上，一面唉声叹气，一面皱着眉头吸烟。

杨译：As a result, probably, of reading Yu Ta-fu's * romantic stories, they constantly referred to themselves as "the young unfortunate" or "the **outcast**"; and, sprawling on the big chairs like lazy and arrogant crabs, they would sigh, smoke and frown all at the same time.

（脚注：A contemporary of Lu Hsun's, who wrote about **repressed young men**.）

莱译：Most of the latter had read Yu Dafu's short story "Sinking", and often referred to themselves as "unfortunate youths" or "superfluous men." **Arrogantly** draping themselves over his furniture like **great** indolent crabs, they would moan, sigh, knit their brows, and smoke their cigarettes.

（脚注：A semi-autobiographical short story **exposing the inner feelings and sexual frustration** of a Chinese student in Japan...）

蓝译：**fashionably disaffected youths**, most of them, who spent the good part of their time draped over his chairs, like indolent crabs, scowling, smoking and **railing against the harsh cruel world that had turned them into "superfluous men"**.

三个译文都保留了对青年知识分子的批判。杨译选用的 outcast(被驱逐者)，以及脚注中的 repressed young men，表明他对青年有较大的同情心。莱译将 Arrogantly 置于第二句句首，起到突出作用，增译的"great(crabs)"是反讽，脚注中的 exposing the inner feelings and sexual frustration 也给了读者消极的印象。蓝译的 fashionably disaffected youths（从众的叛逆青年），是"再语境化"(Wodak，2001：70；van Leeuwen，2008：4)，将英国社会因经济或政治原因而叛逆的青年形象迁移到民国青年的语境里来；railing against the harsh cruel world that had turned them into "superfluous men"是译者自加，表达青年将自己成为"零余者"归因为残酷的社会。同时，蓝译不用脚注补充语境模型，是想直接界定文学青年懒惰、软弱的性格特点。总体上，莱译建构的负面身份最突出，蓝译次之，杨译最弱。

4.1.3 译文主题意识形态统计

三个译本对于人物身份建构以及社会现实批判的突出程度总结如表1-3：

表 1-3 《孤独者》主题意识形态统计

	人物身份建构								社会现实批判		
	魏连殳身份					连殳祖母	民众	大良二良	礼教	黑暗势力	知识分子
	异类者	理想者	求乞者	报复者	孤独者						
杨氏	第一	第三	第三	第三	第一	第三	第三	第二	第三	第三	第三
莱尔	第二	第一	第二	第一	第三	第二	第一	第一	第一	第一	第一
蓝氏	第三	第一	第一	第一	第三	第一	第二	第三	第三	第一	第二

（注：在理想者、报复者、批判黑暗势力维度，莱译、蓝译并列第一；在孤独者维度，莱译、蓝译并列第三，在批判礼教维度，杨译、蓝译并列第三。）

4.2 译者社会实践的意识形态

这一部分我们将运用 Fairclough 的马克思主义分析法、Wodak 的语境分析法，厘清翻译家在社会实践中秉持的意识形态，解释译文主题意识形态差异的原因。

4.2.1 杨氏的社会意识形态

杨宪益早年就立志成为一名革命者。他清楚地认识到旧社会的腐败，对半封建、半殖民地政治充满了仇恨。他认为鲁迅是革命的闯将，因此早在中学时代就喜欢阅读鲁迅的作品（杨宪益，2009：87，106，111，134）。然而，他率真、正直的性格，又让他命运多舛。早年他痛斥国民党剥夺人民基本权利、实行特务统治（杨宪益，2010：370），中年又因说真话被划为"漏网右派"，因"特务嫌疑"与妻子一同入狱四年，儿子也因受刺激而自杀。他一生都是一个为社会不容的"孤独者"。

杨宪益对鲁迅小说主题的理解，很大程度上受冯雪峰的影响。1954年他在冯雪峰的领导下选编鲁迅作品，他认为冯雪峰"是鲁迅的亲密朋友""性格温和、充满热情"(杨宪益,2010:211)。1956年外文出版社出版的 *Lu Xun Selected Works* 中,第一篇便是冯雪峰对鲁迅的导读,这也代表了杨宪益的观点。冯雪峰指出,鲁迅早先是一个民主革命人士,后来转变为共产主义者,他的作品深刻地反映了中国的阶级斗争和革命问题(Yang & Yang,1956:27)。鲁迅小说是对帝国主义、封建主义、人民压迫者、腐朽黑暗势力的战斗宣言(ibdi:28)。具体到《孤独者》中的魏连殳,他与《狂人日记》中的狂人、《在酒楼上》的吕纬甫、《长明灯》中的疯子遥相呼应。这些进步的知识分子寄希望于辛亥革命,然而因为没有发动群众,革命最终失败,进而理想破灭,希望幻失(ibid:23)。

通过文献分析我们发现,杨宪益是用阶级斗争观和革命观来阐释鲁迅小说的。然而,他的翻译原则"不增不减""译者中立,不加评论"(杨宪益、文明国,2011:4;11),压制了他对意识形态的凸显。在大多数情况下,他遵从译文,用与原文等量的意识形态阐述自己的立场;然而某些时候,他强烈的意识形态还是会以无意识的形式"逃逸"出来,表征在语言的层面。本研究中他对魏连殳怪异者、孤独者身份的建构是最强烈的,而这一个身份突出既与他个人生活经历相关,又直接受到他对鲁迅《范爱农》的理解和翻译的影响。在鲁迅笔下,范爱农外貌怪异、衣着怪异、言行怪异,鲁迅前期觉得他"可恶",对他"愤怒"。杨宪益对此体会深刻,取词也非常强化:detestable, outrageous(Yang & Yang,1956:413,414)。文章最后鲁迅感伤范爱农不被社会所容而自杀的孤独一生,慨叹"大圜犹酩酊,微醉合沉沦",杨宪益将其译为"In a world blind drunk/A mere tippler might well drown"(Yang & Yang,1956:421),强化了他对那个暗无天日的社会的愤慨和绝望。与此相应,《狂人日记》中的狂人说:"自己想吃人,又怕被别人吃了,都用着疑心极深的眼光,面面相觑。……去了这心思,放心做事走路吃饭睡觉。"这里的狂人是同样怪异、孤独的形象。对于"疑心极深"和"心思",杨宪益选词（deepest suspicion，obsessions）与莱尔选词（suspicion，thinking）和蓝诗玲选词（省略；it）相比，程度更深。这个强化的身份与魏连殳的怪异和孤独一脉相承。如果通读杨宪益的译文，我们还能找到其他的证据。比如《呐喊》书名的翻译，杨宪益用的"Call to Arms"，莱尔用的"Cheering from the Sidelines"，蓝诗玲用的"Outcry"。显然，杨宪益的翻译有着最强的革命诉求。其阶级性分析也能在副文本中找到。比如对太平天国的评价，杨宪益在《风波》译文中对"长毛"有这样的脚注："长毛指太平天国起义者，他们反对封建统治和民族压迫，拒绝蓄辫，头发长至肩膀。"（Yang & Yang，1956：84）。莱尔在《怀旧》中对太平天国的脚注是："中国历史上最著名的农民起义（rebellion），最后被清政府和帝国主义联手镇压了。"（Lyell，1990：7）与这两个正面的评价相反，蓝诗玲在《怀旧》译文的尾注中称，"太平天国运动是震荡19世纪中国最严重的农民暴动（revolt），它导致数千万人口的死亡"（Lovell，2009a：403）。而杨宪益对鲁迅小说中知识分子负面身份的弱化，和他与知识分子的交往、感情有关。我们统计了《杨宪益传》（雷音，2007）中"知识分子"一词的出现频率，共130次，然而对知识分子的负面记载仅为2次。

4.2.2 莱尔的社会意识形态

莱尔是爱尔兰后裔、天主教徒，他的太太是犹太教徒。他提倡兼爱，与鲁迅一样反对法西斯所持的偏见和民族仇恨（寇志明，2006：89）。在美国，爱尔兰民族常被视为下等民族。莱尔的民族背景、宗教信仰、战争经历以及美国的社会文化理念，影响了他独特视域的形成（米亚宁，2020：104）。通过文献分析我们发现，莱尔是用社会阶层观、国民性批判观来阐释鲁迅小说的。

与杨宪益的阶级观不同，莱尔从社会阶层（hierarchy）来审视中国，他认为阶层分化是中国的噩梦（Lyell，1990：xxxviii），这种意识形态可能与他的爱尔兰身份有关。莱尔将鲁迅小说中的知识分子分为三个类型：①传统型：如孔乙己、《祝福》里的四叔，他们的问题是科举考试。②中间型：他们少年接受旧式教育、青年接受新式教育，如魏连殳、吕纬甫，鲁迅本人也属于这一类，他们的问题是"沉沦"（backsliding）。③现代型：如《幸福的家庭》中的青年作家、《高老夫子》中的高干亭，他们的问题是"浅薄"（superficiality）（Lyell，1976：196）。对于魏连殳，莱尔指出他融合了鲁迅和范爱农的特质（ibid：187），魏连殳也是鲁迅小说中最像鲁迅的人（ibid：187）。他和鲁迅一样，支持激进的变革，却没有能力实现（ibid：184）。魏连殳早先怀有理想（ibid：186），然而他不被社会信任，受到社会的孤立乃至迫害（ibid：184，187）。莱尔最初对《孤独者》标题的翻译是"Isolate"（ibid：184），其负面意义小于他后面改译的"Loner"，更小于杨宪益阐释的"Misanthrope"。在评价范爱农的"怪异"时，莱尔使用的"quirk"（Lyell，1990：xxxv）是轻褒义词，它与杨宪益使用的"freak"（重贬义词）完全不同。莱尔解释，范爱农生活在一个由家庭、阶层、教育、官位、财富而决定荣耀的社会中，但他我行我素，似乎这些阶层并不存在（ibid）。此外，他认为范爱农的自杀代表了消极和绝望（ibid：xxxvi）。所以莱尔对魏连殳理想者、报复者身份的建构最突出，而怪异者、孤独者身份则比较平淡。正是基于他对当时中国各阶层的深刻理解，他指出中国传统社会是一个"吃人族"的盛宴：压迫者吃人、被压迫者被吃（Lyell，1976：144）。故此他对处于压迫阶层、"吃掉"魏连殳的黑暗势力深恶痛绝，也给予了最尖锐的批判。

莱尔对鲁迅于国民性的批判有着最深刻的理解。他指出，鲁迅小说中的国民欺软怕硬（Lyell，1976：261）、自我欺骗（精神胜利法）（ibid：281）。传统型知识分子的代表——四叔，代表了保守、冷酷、迷信（ibid：144）；中间型知识分子代表了机会主义、自我服务（ibid：172）；现代型知识分子代表了全心为己、脱离社会、浅薄、不负责任（ibid：199）。他还借鲁迅与许寿裳的讨论，总结中国国民缺乏"爱"（love and

compassion）与"诚"（honesty and integrity）（Lyell，1990：xxxi）。这便
能解释他的译文对于国民性批判的深刻。在莱尔看来，鲁迅接受了清代
思想家戴震反对"存天理、灭人欲"的封建礼教思想（Lyell，1976：
160），对于与礼教并行的民间佛教，莱尔一方面指出鲁迅否定用佛教改
造中国国民性的主张（Lyell，1990：xxxviii），另一方面也指出，儒家道
德和民间佛教，是杀死祥林嫂的罪魁祸首（Lyell，1976：144）。《孤独
者》中有一个讽刺佛教的句子："我因为闲着无事，便也如大人先生们
一下野，就要吃素谈禅一样，正在看佛经。佛理自然是并不懂得的，但
竟也不自检点，一味任意地说。"莱尔使用反讽、高细节详细度、4 次重
复关键词 Buddist/Buddhism，表达了对民间佛教的强烈嘲讽。① 另外，
《孤独者》讲到的"忧郁慷慨的青年，怀才不遇的奇士"，属于现代型知
识分子，他们不参与社会变革，只是沉迷于诗酒，并为自己的行为辩解
（Lyell，1976：179）。莱尔使用反讽、明示化手法，表达了最强烈的
批判。

4.2.3　蓝诗玲的社会意识形态

作为新生代汉学家，蓝诗玲在鲁迅小说出版 80 余年后重译，她的
关注点和阐释方向与前面两位翻译家迥然不同。通过文献分析我们发
现，蓝诗玲是从鲁迅小说的经典重构以及中国的现代性（modernity）发
展角度来阐释鲁迅小说的。蓝诗玲认为，鲁迅是狄更斯和乔伊斯的合二
为一（Lovell，2010），这种相似性既体现在他对社会现实的批判，也体
现在他的写作艺术上。在她看来，鲁迅对社会现实的批判主要在于"麻
木的看客"（numb spectator）（Lovell，2009a：xxiv）、迷信、面子、媚上

---

① 莱译为：I was full of such Buddhist arguments. Because I was unemployed and
had nothing better to do, I had followed in the footsteps of those political bigwigs who keep
to a vegetarian diet and go in for Buddhist philosophy once they have been thrown out of
office. I too was reading Buddhist sutras. I didn't really understand the principles behind
Buddhism, of course, but that didn't keep me from running on and on.

欺下等方面(Lovell，2010)。鲁迅的写作艺术则体现在超现实主义、反讽和黑色幽默(Lovell，2009b)以及叙事距离的运用上(Lovell，2009a：xxiii)。在《孤独者》翻译中，蓝诗玲明示了村民的看客身份，对势利的大良祖母、自私的连殳堂兄等给予了最尖锐的批判。她运用最多的手法是反讽。

蓝诗玲的学术对象是"中国学"，她视野开阔，对中国现代化进程有着深刻的理解。她的评论视域涵盖了长城崇拜、太平天国、鸦片战争、辛亥革命、国共内战，并始终关注中国的国家身份(national identity)(Lovell，2006：7)。而在 20 世纪中国文化的发展中，鲁迅是创造性、普世主义(cosmopolitanism)、思想独立的象征(Lovell，2009a：xxxvi)。她对中国现代性的分析在 The Opium War 一书中有所体现。例如，她一方面批判英国无耻的鸦片贸易，另一方面也批判中国国民的愚昧、官员的昏聩，同时还流露出对不幸民众的同情。她一方面批判儒教僵化了中国国民思想，另一方面也赞扬儒家的自我约束精神，以及儒家道德规范对中国的凝聚作用(Lovell，2011：48，84)。因此在她的翻译中，她虽然批判国民性，但不及莱尔那样尖锐。她时而严厉批判礼教(如译《狂人日记》)，时而又对礼教有一定的宽容心(如译《祝福》《孤独者》)。对于在礼教中长成的知识分子，她同样怀有批判和宽容之心。

与杨宪益和莱尔建构的完美型鲁迅不同，蓝诗玲建构的是一个立体型鲁迅。首先，他是中国的良心(Lovell，2010)，然而他徘徊于三对极端之间：爱国主义与悲观主义，领导中国重生的精英信念与对革命改造国家的怀疑，左派革命的行动主义与爱国的自我牺牲愿景(Lovell，2006：82)。同时，鲁迅也是激进的(radicalism)(Lovell，2009a：xxv)、易怒的(spikiness)(ibid：xxvi)，他笔下的中国是一幅充满愤怒与激烈批评的景象(angry, searing version)(Lovell，2009b)。因此我们能理解，蓝诗玲译文建构的魏连殳报复者、求乞者身份最突出，其反映的鲁迅对黑暗势力的抨击也最激烈。

蓝诗玲的著作和译作都弥漫着浓郁的人文精神，这主要表现在对弱者的人道主义关怀。除了前面提到的 *The Opium War*，我们还发现，她译《药》《明天》时，对华老栓家人、单四嫂子给予了最多的同情。她的人道主义精神，一方面来源于她自身的人文素养和悲天悯人的情怀，另一方面，狄更斯（鲁迅在英国文学中的等同者）的"人道主义精神"（Collins，2005：74）也在潜移默化中影响了她。她对鲁迅小说的翻译赋予了很多的人道主义情怀。具体到《孤独者》，她对连殳祖母给予了最多的同情，对儿童的负面身份做了最大的弱化。

5　结　　语

作为一项探索性的研究，本文以批评话语分析（CDA）为工具，首先描述了《孤独者》三个译本不同的主题意识形态，然后探讨了翻译家在社会实践中意识形态的形成，最后解释译文意识形态存在差异的原因。一般说来，文学翻译中译者的意识形态与原文的偏离是最小的，所以本文开篇介绍的批评话语分析理论只有部分适用于《孤独者》的翻译分析。然而，我们的研究还是揭示出翻译家在意识形态上有着很大的不同。可以预见，在富含意识形态的政治语篇和新闻语篇的翻译中，批评话语分析理论将会有更大的施展空间。

◎ **参考文献**

［1］Collins, P. *Charles Dickens. The Critical Heritage*［M］. London & New York：Routledge, 2005.

［2］Fairclough, N. *Discourse and Social Change*［M］. Cambridge：Polity, 1992.

［3］Fairclough, N. *Critical Discourse Analysis：The Critical Study of Language*［M］. London & New York：Routledge, 2010.

［4］Fairclough, N. Critical Discourse Analysis［C］// G. J. Paul & M. Handford. *The Routledge Handbook of Discourse Analysis*. London & New York: Routledge. 2012: 9-20.

［5］Fairclough, N. CDA as Dialectical Reasoning［C］// Flowerdew, J. & Richardson, J. E. *The Routledge Handbook of Critical Discourse Studies*. London & New York: Routledge, 2018: 13-25.

［6］Fairclough, I. & Fairclough, N. *Political Discourse Analysis*［M］. London & New York: Routledge, 2012.

［7］Fowler, R. *Language in the News: Discourse and Ideology in the Press*［M］. London & New York: Routledge, 1991.

［8］Gibbons, A. & Whiteley, S. *Contemporary Stylistics: Language, Cognition, Interpretation*［M］. Edinburgh: Edinburgh University Press, 2018.

［9］Halliday, M. A. K. *An Introduction to Functional Grammar*［M］. Beijing: Foreign Language Teaching and Research Press, 2000.

［10］Leech, G. & Short, M. *Style in Fiction*［M］. London: Longman, 2007.

［11］Lovell, J. *The Politics of Cultural Capital*［M］. Honolulu: University of Hawaii Press, 2006.

［12］Lovell, J. *The Real Story of Ah-Q and Other Tales of China*［M］. London: Penguin, 2009.

［13］Lovell, J. Julia Lovell on Translating Lu Xun's Complete Fiction［EB/OL］. http://laodanwei.org/wp/translation-2/julia_lovell_complete_lu_xun_f.php.

［14］Lovell, J. China's Conscience［N］. The Guardian, 2010: 6-12.

［15］Lovell, J. *The Opium War*［M］. Oxford: Picador, 2011.

［16］Lyell, W. A. *Lu Hsün's Vision of Reality*［M］. Berkeley: University of California Press, 1976.

［17］Lyell, W. A. *Diary of a Madman and Other Stories*［M］. Honolulu: University of Hawaii Press, 1990.

［18］Malešević, S. *Identity as Ideology*［M］. New York: Palgrave Macmillan, 2006.

［19］Reisigl, M. The Discourse-historical Approach ［C］// Flowerdew, J. &

Richardson, J. E. *The Routledge Handbook of Critical Discourse Studies*. London & New York：Routledge, 2018：44-59.

［20］Ryder, M. E. Smoke and Mirror：Event Patterns in the Discourse Structure of a Romance Novel［C］. 申丹. 西方文体学的新进展. 上海：上海外语教育出版社, 2008：256-272.

［21］van Dijk, T. A. *Ideology：A Multidisciplinary Approach*［M］. London：Sage, 1998.

［22］van Dijk, T. A. Discourse, Cognition, Society［C］// Angermuller, J. Maingueneau, D. Wodak, R. *The Discourse Studies Reader：Main Currents in Theory and Analysis*. Amsterdam/Philadelphia：John Benjamins, 2014a：388-399.

［23］van Dijk, T. A. Discourse-cognition-society：Current State and Prospects of the Socio-cognitive Approach to Discourse［C］// Hart, C. & Cap, P. *Contemporary Discourse Studies*. London & New York：Bloomsbury Academic, 2014b：121-146.

［24］van Dijk, T. A. Socio-cognitive Discourse Studies［C］// Flowerdew, J. Richardson, J. E. *The Routledge Handbook of Critical Discourse Studies*. London & New York：Routledge, 2018：26-43.

［25］van Leeuwen, T. *Discourse and Practice：New Tools for Critical Discourse Analysis*［M］. Oxford：Oxford University Press, 2008.

［26］Wodak, R. The Discourse-historical Approach［C］// Wodak, R. & Meyer, M. *Methods of Critical Discourse Analysis*. London：Sage, 2001：63-94.

［27］Wodak, R., de Cellia, R. Mitten, R. & Unger, J. W. *The Discursive Construction of National Identity*［M］. Edinburgh：Edinburgh University Press, 2009.

［28］Woods, G. *Webster's New World Punctuation*［M］. Hoboken：Wiley Publishing, 2006.

［29］Yang, Xianyi & Yang, Gladys. *Lu Xun Selected Works*［M］. Vol. 1. Beijing：Foreign Language Press, 1956.

［30］郜元宝. 略说魏连殳的"孤独"［J］. 扬子江评论, 2019(5)：13-18.

［31］寇志明. 纪念美国鲁迅研究专家威廉·莱尔［J］. 鲁迅研究月刊, 2006（7）：88-90.

[32]李玉明. "求乞者"身份与存在之问[J]. 鲁迅研究月刊, 2005 (11): 16-25.

[33]刘云虹, 许钧. 翻译批评与翻译理论建构[J]. 外语教学理论与实践, 2014(4): 1-8.

[34]雷音. 杨宪益传[M]. 香港: 明报出版社, 2007.

[35]米亚宁. 鲁迅短篇小说翻译中的社会性特征[J]. 中国翻译, 2020(6): 99-106.

[36]钱理群. 试论鲁迅小说中的复仇主题[J]. 鲁迅研究月刊, 1995(10): 31-35.

[37]杨宪益. 去日苦多[M]. 青岛: 青岛出版社, 2009.

[38]杨宪益. 杨宪益自传[M]. 薛鸿时, 译. 北京: 人民日报出版社, 2010.

[39]杨宪益, 文明国. 杨宪益对话集[M]. 北京: 人民日报出版社, 2011.

第二章 从不定点具体化看鲁迅小说四个译本译者的隐蔽价值观

1 引 言

从 1925 年梁社乾翻译《阿 Q 正传》，到 2009 年蓝诗玲（Julia Lovell）的 *The Real Story of Ah-Q and Other Tales of China* 出版，一共有 18 位译者参与了鲁迅小说的英文翻译（杨坚定、孙鸿仁，2010）。在英语世界中，鲁迅小说英译本中影响最大的有四个版本。王际真译本（Wang，1941）是选译本（以下简称王译），1941 年由哥伦比亚大学出版社出版，语言流畅、地道，再现了鲁迅小说幽默、嘲讽而又冷峻的风格，并保留了大量中国语言和文化特色。"王际真的译文使得语言间的障碍不复存在……译文再现了原作的简洁、力量，富于创造性，译者与原作者合二为一。"（Kao，1942）其余三个译本是全译本，分别是杨宪益和戴乃迭译本（Yang & Yang，1960）（以下简称杨译）、威廉·莱尔（William A. Lyell）译本（Lyell，1990）（以下简称莱译）和蓝诗玲（Julia Lovell）译本（Lovell，2009）（以下简称蓝译）。杨氏夫妇从 1954 年开始在外文出版社出版鲁迅小说选集，全集于 1981 年出版，译文准确、忠实，诺贝尔文学奖评委马悦然（Göran Malmqvist）认为，如果杨译本早些问世，鲁迅或许早就获得诺贝尔奖了（马悦然、欧阳江河，2006）。莱译由夏威夷大学出版社出版，语言生动、辛辣、形象，并提供了大量的注释，"展现了浓郁的果戈理风味和独异的鲁迅风格"（Chung，1992：169）。蓝译 2009 年由英国企鹅出版社出版，语言活泼、轻快、易懂，被汉学家华志坚（Jeffrey Wasserstrom）（2009）评论为"最贴近读者……可能是企鹅出版社有史以来最重要的一部经典"。

目前对鲁迅小说翻译的研究，有从文体学角度比较不同译者风格的（王树槐，2013），有从隐喻角度比较不同译本张力的（付晓朦、王树槐，2016），有从缩合角度比较不同译本文体特征的（詹菊红、蒋跃，2017），有从布尔迪厄社会学角度研究蓝诗玲译者惯习的（王洪涛、王海珠，2018），有借助语料库研究蓝诗玲译者风格的（李德凤等，2018），有从译者行为角度比较绍兴方言不同翻译的（黄勤、刘晓黎，2019），有从文化角度比较不同译者"学术定势"的（王树槐，2019），还有从移情角度比较不同译者情感融入的（王树槐，2020）。这些视角和方法都为鲁迅小说翻译研究作出了贡献，然而迄今为止尚无对翻译家隐蔽价值观的研究，特别是从不定点具体化角度进行的研究。

2 英伽登现象学文论

波兰现象学家和美学家英伽登（Roman Ingarden）在 *The Literary Work of Art* 一书中论述了文学作品存在的形式和层次问题。他既反对把文学作品当作一个多层次句子构成的"真实客体"（real object），也反对把它当作纯粹的心理体验的"理想客体"（ideal object）：真实客体会在存在过程中发生改变、最终消亡；理想客体则永恒不变。文学作品是一种"想象性客体"（imaginary object），一方面，它依赖于作者的主体意志，与他的主观经验不可分离；另一方面，文学作品要保持自身的连贯性以及与客观世界的相似（identity）。（Ingarden，1973：11-19）

英伽登认为文学作品包括四个层次。①语音形式层。语音特征包括节奏、速度、乐调，以及与句子意义调和而成的高层次单元，这些通常是不能被翻译成其他语言的。（ibid：55-56）②意义单元层。意义单元包括词的意义、句子意义和句子复合体意义，它们指向的是"纯粹意向性客体"（purely intentional object），包括"原初的意向性客体"（originally intentional object）和"获得的意向性客体"（derived intentional object）。（ibid：117）前者只是一个框架，后者可以填充意义内容。（ibid：127）③再现客体层：它是通过意义单元构成的意向性关联物。再现客体层的空间充满了不定点，它既不是抽象的、几何的空间，也不是同质的、物理的空间，而是对应于既定人物感觉到的空间。（ibid：230）④图式化结构层。这一层次内容只是以框架勾勒，既没有具体说明，也不是纯粹源自心理。其中的一些因素可以由文本自身激发，另外一些则需要读者根据个体心理经验进行具体化（concretize）或现实化（actualize）。（ibid：265）

不定点具体化会出现在以上四个层次。在语音形式层，词的声音作为格式塔特质（Gestalt Qualities）出现，在朗读的时候，格式塔特质由具体声音承载，因而获得表情意义，变得具体丰满。（ibid：337-338）在意义单元层中，词汇意义和句子意义结合，但总有一些意义不能具体说清，抑或会在不同的语境中发生变化。在某些时候，读者理解句子时并非存留原文的意图意义，而是实现自己的意图意义。（ibid：338-339）然而，在四个层次的阅读中，不定点具体化呈现多种可能性、出现最大区别的，是图式化结构层。在经过这一层次的不定点具体化之后，读者会达到"感觉经验"和"想象经验"两个层次，他们对图式的补充和移位甚至会产生原文所没有期待的内容。（ibid：339）在再现客体层，真实的客体不能为有限的语言形式所构建，读者会使用具体化使之确定下来，同时忘记自己是在解读意向性客体。（ibid：342）

具体化赋予了文学作品生命。当阅读置于历史背景中时，不定点具体化会随时间不同而发生改变。具体到个体读者，这一变化又与个体心理相关，并受制约于其文化背景。读者从认知和美学方面接近作品时，具体化是他和作品之间的联系；随着具体化的连续发生，作品不断展开，读者才能理解作品内容，作品在具体化过程中也发生了一系列的变化。(ibid：351-352)在图式化结构层，具体化是"补加""充实"，不同的读者会有一定程度的区别，我们不能拒绝或排斥某一种具体化。(Szczepanska，1989：33)

英伽登的现象学文论注重文本客体和读者主体的交融，不因为强调某一个方面而走向极端(比如新批评只强调文本，接受美学只强调读者)，因而它是一种中庸、科学的文学理论。不定点思想则是现象学文论的精华：不定点不仅存在于文学作品的四个层次，也是主体和客体相互作用的场所。而承认、允许图式化结构层中不定点的具体化可以有较大的差别，正是文学作品阅读的魅力所在。正因为此，在文学经典作品的翻译中，不同译者会有精彩纷繁的多样阐释，只要不违背基本的自然逻辑和社会逻辑，它们都是可以接受、拥有存在理据的。

3　隐蔽价值观

价值观是个体看待客观事物及评价自己的重要性或社会意义所依据的观念系统。按照人文学科的等级，可分为经济的("功利"的)、科学的("真"的)、道德的("善"的)、艺术的("美"的)以及宗教的("圣洁"的)价值观。(顾明远，1998：1605)不同的价值主体之间也会发生价值观冲突：个体、群体、社会以及三者之间会在价值观上产生分歧、矛盾和斗争。价值观冲突有多种形态：内在的与外在的、观念的与心理的、显示的与隐含的、理性的与非理性的。其产生与欲望、动机、兴趣、情感、意志、信念、理想等方面的差异有着密切关系。(ibid：1597)

在翻译过程中，译者同样存在"功利"的、"真"的、"善"的、"美"的、"圣洁"的价值观。多数时候译者与原文作者的价值观一致，但是在有些地方他们又会与原文作者的价值观发生冲突，往往以非理性和隐蔽的形式在译文中表现出来。究其原因，隐蔽价值观与译者个人的政治倾向、学术背景、人格特征、生活阅历等密切相关，这些因素可能导致译作在思想主题、人物形象、情感厚薄等方面与原作产生偏移。比如葛浩文在翻译《狼图腾》的时候，对草原场部主任、共产党员包顺贵使用了一些负面词汇，而原作者姜戎对包顺贵持的却是正面的态度，这便构成了译者隐蔽价值观与原作者显性价值观的冲突。隐蔽价值观影响到作品的主题表达、反讽色彩乃至诗学效果，它需要研究者用放大镜式的"细读"才能发现，而最有效的途径便是考察译者对原文不定点的具体化。

4　研　究　方　法

本研究采用描写—归因解释、描写—理论假设的研究模式。

4.1　描写的方法

我们以王际真译本选译的 11 篇中短篇小说作为比较的基准，包括《故乡》《祝福》《肥皂》《离婚》《在酒楼上》《头发的故事》《风波》《阿 Q 正传》《孤独者》《伤逝》《狂人日记》。在细读 4 个译本的 11 篇小说的基础上，我们找出了译文对不定点的具体化。

第一，不定点的识别。英伽登在他的著作中并没有明确界定不定点的操作定义。在我们的细读中，发现两种情况可以归入不定点。①原文本身就是非常含糊不定的语言。如："一个女人在外面走，一定想引诱野男人；一男一女在那里讲话，一定要有勾当了。"(《阿 Q 正传》)此句中"勾当"具体指什么事情？它没有确定的外延和内涵，读者可以有不同的理解。②原文字面上说得比较清晰了，但是译者在翻译过程中仍然加上了自己具体的、不同的想象，或者自己独特的理解，因而译本之间表现出较大的区别。如："他立刻瞪起眼睛，连声问我寻她什么事，而且恶狠狠的似乎就要**扑过来，咬我**。(《在酒楼上》)我们发现，王、杨、蓝三个译文都是按照字面准确地再现"咬"的意义，然而莱译却加上了"獠牙""将肉撕开"之类的想象，使得译文更加阴森恐怖。①

第二，不定点具体化的分类、命名。在将不定点具体化的案例全部找出之后，我们需要对它们所折射的隐蔽价值观进行分类。这一过程中我们往复三次"分类—命名—修正"，最后才确定下来。

4.2　归因与假设

在清晰文本背后的隐蔽价值观之后，我们联系译者的生活阅历、学术历程、人格特征，对他们不定点具体化的倾向作出解释(描写—归因解释模式)。同时，针对中国翻译家和汉学家在具体化数量、性质上巨大的不同，提出理论假设——汉学家和中国翻译家在不定点具体化方面存在差异的假设，供以后的研究证实或证伪(描写—理论假设模式)。

5　主要研究发现

文本细读表明，鲁迅小说的不定点在语音形式层、意义单元层、再

---

① 王译：Thereupon he glared at me and asked me what I was asking about her for, as if about to pounce on me and eat me up.

杨译：At once, he stared at me wide-eyed, and asked me what I wanted her for; moreover, he seemed very fierce, as if he wanted to attack me.

莱译：He immediately opened his eyes into a wide and angry stare and asked what business I had with her. He suddenly looked so vicious you would have thought he was a wild animal ready to pounce on me to tear the flesh from my body with bared fangs.

蓝译：Glaring at me, he asked me again and again what I wanted with her. This was this savage look to him, as if he wanted to hurl himself at me, to bite me.

现客体层、图示化结构层都有出现。限于篇幅本文不按照原文本四个层次的思路展开，我们只是汇报译者对不定点具体化的三种方式，以及具体化所折射的五种隐蔽价值观。

5.1　鲁迅小说英译不定点具体化的方式

翻译家在翻译鲁迅小说不定点的时候，有三种处理方式：具体化、不具体化（字面翻译）和转移。如：

原文 1） 我是三茶六礼定来的（《离婚》）

王译：But my marriage was contracted with **three teas and six gifts**

杨译：I married him with the proper ceremonies—**three lots of tea and six presents**

莱译：I was presented with **three gifts of tea and went through all six ceremonies**（脚注：Tea was given to brides for its symbolic message：a tea bush, replanted, no longer produces seed；a remarried widow will no longer produces sons.）

蓝译：I'm his wife—carried in on a bridal chair, **with all the proper ceremonies**！

三茶六礼的理解可以有两种方式。一是精确的所指：三茶是指订婚时的下茶、结婚时的定茶和同房时的合茶；六礼是指由求婚至完婚的纳采、问名、纳吉、纳征、请期、亲迎六种仪式。二是将"三茶六礼"作为死隐喻，泛指婚礼的一切仪式。这就像"三从四德""三姑六婆""三灾八难""三教九流"一样，都变成了上位泛说，读者在阅读的时候不会具体去想"三""四""六""八""九"分别指哪些事项，或者大部分读者根本就说不全，但是这并不影响他们的理解。这样一来"三茶六礼"就成为了不定点。

我们看到，王译和杨译照字面译出，没有具体化。莱译用脚注给予了具体化，遗憾的是，他的具体化并不到位（茶树如果迁栽，不能结子；寡妇如果再嫁，不能生子）。注释不到位，在莱尔的译文中罕见。蓝译绕过了字面，转变成"所有正当的仪式"，是不定点的转移。我们的考察表明，只有蓝诗玲使用了不定点转移，而不定点转移的目的往往是确保读者能够顺利接受文本内容。

原文 2）"奴隶性！……"长衫人物又鄙夷似的说，但也没有叫他起来。（《阿Q正传》）

王译："Slave habit！" the personages in long gowns grunted with contempt, but did not insist on his standing up.

杨译："Slave！" exclaimed the long-coated men contemptuously.

莱译："A born slave！" observed the long-gowned types with contempt, but they didn't try to get him to stand up again either.

蓝译："Pathetic！" the long-gowns sneered; but left off telling him to stand up.

阿Q声称造反，被抓到公堂之后见到长衫人物等大官又吓得跪下去，被长衫人物骂为"奴隶性"。对于这个字面模糊、在实际语境中读者能够理会的词语，王译做了具体化，用"Slave habit!"表达中国千年的封建奴才思想所遗留的下跪习惯；杨译"Slave！"基本上是遵从字面翻译；莱译"A born slave！"加入了强烈的情感，表达长衫人物对这一类行为的深恶痛绝；蓝译则将不定点转化，变成"Pathetic!"（可悲啊!），目的是让译文上下文与对长衫人物的隐性评价自成一体，逻辑自然流畅。

5.2 不定点具体化折射的隐蔽价值观

审读不定点具体化全部案例后，我们将背后的隐蔽价值观归结为五类：主题观、女性观、情感观、站位观、想象观。下面我们逐一汇报。

5.2.1 主题观

主题观是指译者对原作的政治主题、民生主题、国民性格主题的理解和接受。它能够折射出生活在不同年代、不同国度的译者对鲁迅思想产生的共鸣度。如：

原文 1) 有了四千年吃人履历的我，当初虽然不知道，现在明白，**难见真的人！**（《狂人日记》）

王译：Although I have a tradition of four thousand years of man-eating, I did not know till now **how difficult it is to find a true and innocent man** .

杨译：How can a man like myself, after four thousand years of man-eating history—even though I knew nothing about it at first—**ever hope to face real men** ?

莱译：Although I wasn't aware of it in the beginning, now that I know I'm someone with four thousand years' experience of cannibalism behind me, **how hard it is to look real human beings in the eye** !

蓝译：With the weight of four thousand years of cannibalism bearing down on me, even if once I was innocent **how can I now face real humans** ?

原文的"难见真的人"，是说狂人遇不到一个真正的好人，还是因为吃人而羞愧见好人？这里"见"是不定点。对此，笔者调查了五位中文系教授，四位持第一种理解(其中一位解释，此处的"人"应该是真实的人、好人、现代人、独立人格的人、正直的人、善良的人、觉悟的人……)，只有一位教授持第二种理解。而在译文中，王译的具体化是持第一种理解，其他三位翻译家都是持第二种理解。虽然两个阐释都是可行的，但是我们更倾向于认同王际真的具体化，这反映出他对主题更准确的把握。

原文 2) 看你的神情，你似乎还有些**期望我**。（《在酒楼上》）

王译：I see from your attitude that **you still seem to have some hope in me** —

杨译：Judging by your expression, **you still seem to have hope** for me .

莱译：I can tell from your eyes that **you still have hopes I'll do something to realize some of our old ideals** .

蓝译：I can see you **expected more of me** —

吕纬甫原来是一个致力于改造社会的热血青年，为了生存不得不抛弃曾经的理想，向现实屈服，回归世俗。这里王译、杨译、蓝译都是遵从字面意思，没有填充或解释，而莱译的 you still have hopes I'll do something to realize some of our old ideals(你希望我继续努力去实现从前的理想)则表现了吕纬甫的前后变化，揭示了灰暗的社会让青年陷入沮丧和彷徨的主题。

5.2.2 女性观

鲁迅小说中常常含有民国社会对女性的价值判断。译者隐蔽的女性价值观能使译文表现出不同的褒贬色彩来。如：

原文 1) 我简直说，军人土匪倒还情有可原，**搅乱天下**的就是她们，应该很严的办一办。(《肥皂》)

王译：In my opinion soldiers and bandits are more forgivable than they, for it is they that **have corrupted and subverted morality** .

杨译：What I say is：There's some excuse for soldiers and bandits, but these girls are the ones who **turn everything upside down** .

莱译：In plain words, I can make some allowances for soldiers and bandits acting the way they do, but the ones who are really **throwing the country into chaos** are those modern girls .

蓝译：It's not the warlords and the bandits that are the problem—it's the women who've **brought the country to its knees** .

我们看到，王译加入了自己的女性价值判断，将"搅乱天下"阐释为"腐化和颠覆传统道德"，大大强化了说话人四铭对"女学生"的负面态度；其他三位译者基本上是照字面翻译，没有对不定点具体化，因而没有改变说话人对女性的否定程度。

原文 2) 只是暗暗地告诫四姑说，这种人虽然似乎很可怜，但是**败坏风俗的**。(《祝福》)

王译：He only cautioned Aunt Four, saying that though such people were a pitiable lot, yet she was after all **a bane against morality**.

杨译：he did not object very strongly, only secretly warned my aunt that while such people may seem very pitiful they **exert a bad moral influence**.

莱译：However, he did warn Fourth Aunt privately："People like her may seem quite pitiable, to be sure, but one must remember that they **do have a deleterious influence on the morals of society**."

蓝译：All he had done was offer Aunt a few quite words of warning：however tragic some like Xianglin's wife might seem, **she would bring her bad luck with her**.

对于四爷斥责祥林嫂的"伤风败俗"，王译、杨译、莱译都将其阐释为道德层面的问题：污染了社会风气。只有蓝译最为宽容，阐释为"给别人带来坏运气"。这表明，蓝诗玲对女性怀有更多的同情和正面价值观。

5.2.3 情感观

翻译家在翻译过程中，是保持情感的克制，还是融入深刻的同情，会让"情感不定点"的具体化产生很大的区别。

原文 1) 而且仍然是卫老婆子领着，显出慈悲模样，絮絮的对四婶说：……(《祝福》)

王译：Old Mrs. Wei again accompanied her and made this recital to Aunt Four：…

杨译：it was Old Mrs. Wei, **looking very benevolent**, who brought her in, and who explained at length to my aunt：…

莱译：it was Old Lady Wei who led her in. **Assuming an exaggerated air of compassion**, the old woman prattled on and on.

蓝译：she was in the company of Mrs Wei, who——her features **arranged into an expression of charitable indulgence** ——verbosely explained matters to Aunt.

人贩子卫老婆子心毒而伪善，对于"显出慈悲模样"，王译省略；杨译照字面翻译，没有情感的融入；莱译的 Assuming an exaggerated air of compassion（装出夸张的、同情的样子）和蓝译的 arranged into an expression of charitable indulgence（装出同情的、包容的表情），都是强烈的反讽，有很浓的译者情感参与。

原文 2）连先前竭力欺凌她的人们也哭，至少是脸上很惨然。（《孤独者》）

王译：Even those **who had persecuted** her in her lifetime **appeared saddened**.

杨译：Even those **who had tried their hardest to rob her**, wailed, or **appeared bowed down with grief**.

莱译：Even those who had done their best **to do her in** while she was alive wailed **for all they were worth**, or at the very least, **managed to look as sad as possible**.

蓝译：She had plenty of tears shed for her-a lot of them by people **who'd tried their hardest to make her life miserable** while she was alive. Hypocrites！

对于"欺凌她"（魏连殳的祖母，农村妇女），王译用了 persecute，意为"迫害"，情感上超过了原文；杨译的 rob（抢夺），莱译的 do her in（把她搞垮），蓝译的 make her life miserable（使她的生活凄惨）与原文贴近，没有更多情感的融入。对于"脸上很惨然"，王译的 appeared saddened（显得悲伤）和杨译的 appeared bowed down with grief（似乎为悲伤所压倒）都是字面翻译，没有情感的更多融入；莱译的 managed to look as sad as possible（尽量让别人觉得自己悲伤）强化了那些欺凌魏连殳祖母的人的虚伪，情感融入多；蓝译的 Hypocrites!（伪善）则是不定点的转移，情感上更为显化、浓烈。

5.2.4 站位观

站位观是指翻译家在原文作者和译文读者的两级中所取的立场。如果他/她的站位是原文作者，那么他/她的重心会是对文本语言形式忠实的传达；如果他/她的站位是译文读者，那么，他/她或者会补充历史文化心理信息，或者会对原文作出改动、归化。如：

原文 1）我从前单听他讲道理，也糊涂过去。（《狂人日记》）

王译：I used to listen to his **high-sounding discourses** attentively and to take them at their face value.

杨译：In the past I simply listened to his **explanations** and let it go at that.

莱译：back then I just took what he said as **explanations of the classics** and let it go at that.

蓝译：I used **to let him preach at me—to let his sermons pass me by** .

对于"讲道理"这一个不定点，王译具体化为 high-sounding discourses（高调的话）以表示反讽；杨译照字面翻译，没有具体化；莱译 explanations of the classics（解释儒家经典）表明他的站位是原文，注重的是对原文的阐释；蓝译 let him preach at me—to let his sermons pass me by，是借用基督教的"布道"来具体化，她的站位观显然是她的英语读者。

原文 2）（阿 Q 很以为奇，而且想：）"这些东西忽然都学起小姐模样

来了。"(《阿Q正传》)

王译："Trying to imitate the **young ladies**： the harlots！"

杨译："They have suddenly become **as coy as young ladies**… "

莱译："the bitches have started actin' like **high-class young ladies** all of a sudden-sluts！"

蓝译：'Acting like **Vestal Virgins** all of a sudden.'

20世纪20年代的"小姐"，是指富贵人家教养好的女儿。王译遵从字面，没有具体化；杨译虽然加了coy，但是原文前面有"未庄的女人们忽然都怕了羞"提示，也不算是具体化；莱译加了high-class(社会等级高的)，其站位是原文；蓝译变为Vestal Virgins，指的是古罗马的维斯塔贞女，她们终身奉献给维斯塔女神，并在她的庙里守卫圣火。显然蓝诗玲对此做了归化处理，她的站位在于她的英语读者。

5.2.5 想象观

想象观是指译文在处理不定点(甚至是比较清晰的词汇)的时候，译者是否敢于突破字面的束缚展开想象，让译文形象、幽默、饱满，具有更大的可读性，同时又不背离原文本意。如：

原文1) 我那里猜得到他们的心思，究竟怎样；况且是要吃的时候。(《狂人日记》)

王译：How can I guess just what is in their minds, especially when they want to **eat human flesh**？

杨译：how can I possibly get their secret thoughts—especially when they are ready **to eat people**？

莱译：How can I possibly guess what people like that have in mind, especially when they're getting ready **for a cannibal's feast**？

蓝译：How can I guess what they are really thinking, **when their fangs are poised over my flesh**？

对于"吃(人)",读者如果细致设想吃的方式,会有不同的形象。王译和杨译都是照字面翻译,没有展开想象;莱译具体化为 a cannibal's feast(吃人族的盛宴),蓝译具体化为 fangs are poised over my flesh(锋利的牙齿架在肉上)。莱译的想象增加了译文的反讽意味,而蓝译的想象则增加了恐怖意味。

原文 2) 又有些胜利者,当克服一切之后,看见*死的死了,降的降了*。(《阿 Q 正传》)

王译:after their conquest are complete and their foes have been either **put to the sword or brought under submission**...

杨译:There are other victors who, having carried all before them, **with the enemy slain or surrendered**.

莱译:...you have the conqueror who overcomes all opposition, see **his enemies die or surrender**...

蓝译:here are others again who, after overcoming everything and everyone in their path, when **the field is strewn with the corpses of the slain, with the obeisance of the surrendered**.

对于"死的死了,降的降了",杨译和莱译都是遵从字面、没有具体化。王译和蓝译都展开了想象,对不定点做了具体化:王译填充了 sword(刀斩),突出了征服的历史体验;蓝译填充了 corpses, obeisance(满地是斩杀的尸体,一片投降后的臣服),突出了征服的恐怖体验。

5.3 四个译本不定点填充数量比较

四个译本不定点具体化的分布如表 2-1 所示:

表 2-1 四个译本不定点具体化分布情况

	王译	杨译	莱译	蓝译
主题观	5	2	7	4+T(1)

续表

	王译	杨译	莱译	蓝译
女性观	3(负面价值)	2(正面价值)	2(正面价值)	5(正面价值)
情感观	6	0	11	5+T(4)
站位观	4	0	13	10+T(4)
想象观	6	1	5	4
总数	24	5	38	28+T(9)
备注	T(transfer)：表示不定点转移，后面括号的数字表示转移的数目			

第一，总数比较。从上表中我们可以看到，汉学家对不定点的具体化要大大多于中国翻译家。具体化最多的是莱译，其次是蓝译；蓝译还运用了大量的不定点转移。两位中国翻译家中，王译的具体化也比较多，但相比莱译，仍然有很大差距。不定点具体化最少的是杨译。

第二，分项比较。主题理解最深刻的是莱译，稍次是王译和蓝译，最浅的是杨译。女性价值观上，蓝译展现了最美好的视角；最负面的是王译；莱译和杨译居中，偏正面。情感融入最多的莱译，蓝译、王译居中，而杨译则保持情感疏离。在读者站位上，莱译和蓝译最多(莱尔多对原文增释、加注，蓝诗玲多用归化、改写)，王译有少量，而杨译为零。在展开想象上，王译最为活跃，稍次是莱译、蓝译，杨译则极度克制。

6　讨论与分析

王际真视鲁迅为英雄，拥护新文学(夏志清，2011：97)，他对鲁迅小说的主题有着深刻的理解，在译文的前言他用了20页阐释鲁迅小说的主题和寓意。对于王际真的性格，沈从文曾说，他有山东人那种爽直淳厚气质，……与他半个世纪后重见，他还保留着沈从文 20 世纪 20 年代的旧书稿，以及与沈从文五十多年前的通信。(姚一鸣，2017：25)可见，王际真非常重视真情，这能较好地解释在鲁迅小说翻译中他融入较多的情感。王际真长于根据语境作出逻辑推理，并发挥想象，使得译文连贯生动、可读性强，有着非常强的译者参与意识。比如：原是木榙的后窗却换嵌了玻璃。(《在酒楼上》)王译是 the paper in the latticed window at the back，杨译是 wooden lattice，莱译是 latticed window，蓝译是 wooden lattice。考察 20 世纪 20 年代中国的生活，王际真的具体化"糊在窗户上的纸"是最为准确的。王际真对女性有较多的负面评价，有可能跟他的生活经历有关。夏志清谈到王际真在美国留学时曾说，"他是旧式婚姻，但即使生下一子，也不急着回国"。可见他对包办的原配夫人没有太多感情。"他总是对女孩子发生兴趣，直到对方感到厌烦"(夏志清，2011：96)，这个经历可能对他的女性认识观产生一定的消极影响，因而在译文中数处表现出负面的阐释。

杨宪益极少对不定点具体化，与他的翻译理念是相关的。他曾说："翻译的时候不能做过多的解释。译者应尽量忠实于原文的形象，既不要夸张，也不要夹带别的东西。"(杨宪益、文明国，2011：4)所以在翻译过程中，他总是对自己施加最大的"译者克制"(王树槐，2013)，不会恣行自己的想象，也不会因为方便读者的理解而离开原文的字面。这不仅体现在鲁迅小说翻译上，也体现在《红楼梦》和其他作品的翻译上。这种现象可能与杨宪益的生活阅历相关。他和夫人戴乃迭一生历经抗战、内战之乱，"文革"中遭受诬陷和牢狱之灾，承受失子之痛，最后是"身陷囹圄死生轻""云淡风轻了无痕"(杨宪益、文明国，2011：227；66)。所以对于小说中的人物，他能做到疏离旁观，不投入自己的感情。对于这种"麻木"，夏志清(2011：98)曾评论说："经过一天接一天、一本接一本在办公室多年的翻译之后，已经变得多么的心不在焉、平庸冷漠。"这个评价虽然有些过分，但是杨译不投入情感、不为读者理解设置便利、极少展开想象，却是铁定的事实。

莱尔是鲁迅研究专家，他的博士论文就是研究鲁迅。在 *Luxun's Vision of Reality*（1976）一书中，他详细介绍了鲁迅早年留学日本、愤世嫉俗、弃医从文的经历，深入分析了他小说中各型人物的社会特征：知识分子（传统，现代和中间）；各个阶层的妇女；反叛者。因此，在所有的译者中，莱尔对于鲁迅小说主题的理解最为深刻。在莱尔曾经工作过的学校——斯坦福大学——的主页上，他的同事是这样评价他的：莱尔对教学和生活充满热情，从不做作。他幽默风趣，富于想象。平常生活中虽有些随意散漫，然而对工作追求完美。他特立独行，丝毫没有虚假，也不谋一己之利。这些个性特征很好地解释了为什么在翻译过程中，莱尔能充分调动想象、积极移情，将情感赋于人物之中。对于小说的主题，莱尔有着深入的理解：在译文的前言中，莱尔指出，年轻的鲁迅在早年就认识到，中国人缺乏"爱"和"诚"，并分析了小说中各个层次的代表人物。（Lyell，1990：xxxi）对于原文和译文的关系，莱尔说：英语和汉语有着巨大的区别，过分地靠近一种语言，意味着在另一种语言中出错。（ibid：xli）他认为译者应尽可能赢得更多的读者，包括那些不熟悉中国历史与文化的读者群 。（ibid：xlii）所以莱尔有大量的读者站位，尽可能用脚注、扩充说明等方式方便读者理解。莱尔意识到，在鲁迅的人物世界里，祥林嫂等受苦妇女受到礼教的不公对待，他对包括女性在内的弱者给予了充分的同情。（Lyell，1976：209）这也是莱尔译文对苦难女性深怀同情、以美好的描写对不定点做具体化的原因。

蓝诗玲是所有译者中最为读者考虑的，她的读者站位数量最多。在"翻译絮语"中她阐明，她注重的是读者获得"对原作阅读经验忠实的再创造"（Lovell，2009：xliv）。她的文字编辑即使不懂中文，也会站在读者的位置，对她的译文做最后润色。蓝诗玲称，在翻译过程中她参考了杨宪益和莱尔译文，遇到疑惑的时候会求助邱于芸、孙赛因两位中国朋友，所以在主题的理解上她能够很好地把握。她认为，译者要忠实于原文的语气，而鲁迅的风格是"愤怒"，对这种情感蓝诗玲做了充分的移情。(汪宝荣，2013)在与笔者的通信中她曾说，她常常选择过分戏剧化的词汇来翻译(如该用 anger 的时候用 fury)，以至于给她出版前润色的两位读者——汉学家杜博妮(Bonnie McDougall)和她的丈夫(牛津大学英文教授，作家)，会经常修改她对副词、形容词的使用，使文体淡定下来（calm down），让译文更准确、严密。而蓝诗玲在译作中一直对女性有着美化的倾向，并持有正面的阐释，这不仅体现在对鲁迅小说的翻译上，也体现在对《色戒》《为人民服务》等作品中的女性形象的重新塑造中。究其原因，我们认为蓝诗玲对中国非常关切，她对鲁迅小说以及其他小说中女性的苦难满怀同情，因而不自觉地过滤掉原作女性形象中丑陋的一面而保留美好的一面，或者将中性描述美化为褒扬描述。与其他三位译者不同，蓝诗玲的不定点翻译中有 9 处不定点转移。其不定点转移的功用在于实现译文流畅、表达反讽口吻，实现读者理解和逻辑自然。这些处理共同成就了蓝译文极高的可读性和愉悦性。

7　结　　语

鲁迅小说四个译本的译者，来自不同国家，生活在不同的时代，历经不同的生活背景，拥有不同的人格特征，因而对鲁迅小说主题的理解、对女性价值观的判断、对情感介入的程度以及对作者—读者的站位选择等方面，都会持有不同的隐蔽价值观。本文通过考察不定点具体化揭示了这些隐蔽价值观，并阐释了翻译家背后的"学术定势"(scholastic disposition)(Bourdieu，2000：16)和翻译"惯习"(habitus)(ibid：138)。此外，基于本研究的数据，我们还进一步提出不定点具体化假设：与中国翻译家相比，汉学家更倾向于对不定点作出具体化。一方面，这一假设有待于后续研究证实或证伪；另一方面，它也能为中国文学作品外译提供理论上的指导：译者在翻译过程中可以融入更多的情感，展开丰富的想象，对不定点进行转化使得译文更加流畅，更易于英语读者的接受。

◎ 参考文献

[1] 马悦然, 欧阳江河. 我的心在先秦[J]. 读书, 2006(7)：3-13.

[2] 付晓朦, 王树槐. 鲁迅小说的隐喻翻译——《狂人日记》的三个英译本比较研究[J]. 天津外国语大学学报, 2016(3)：45-49.

[3] 顾明远. 教育大辞典[M]. 上海：上海教育出版社, 1998.

[4] 黄勤, 刘晓黎. 译者行为批评视域下《肥皂》中绍兴方言英译策略对比分析[J]. 解放军外国语学院学报, 2019(4)：131-141.

[5] 李德凤, 贺文照, 侯林平. 蓝诗玲翻译风格库助研究[J]. 外语教学, 2018(1)：70-76.

[6] 汪宝荣. 鲁迅小说英译面面观：蓝诗玲访谈录[J]. 编译论丛, 2013(1)：147-167.

[7] 王洪涛, 王海珠. 布迪厄社会学理论视角下蓝诗玲的译者惯习研究[J]. 外语教学, 2018(2)：74-78.

[8] 王树槐. 译者介入、译者调节、译者克制[J]. 外语研究, 2013(2)：64-71.

[9] 王树槐. 学术定势折射的多棱文化镜像[J]. 外语研究, 2019(5)：70-76.

[10] 王树槐. 小说翻译的情感批评[J]. 外语学刊, 2020(5)：61-67.

[11] 夏志清. 王际真和乔志高的中国文学翻译[J]. 现代中文学刊, 2011(1)：96-102.

[12] 杨坚定, 孙鸿仁. 鲁迅小说英译版本综述[J]. 鲁迅研究月刊, 2010(4)：49-52.

[13] 杨宪益, 文明国. 杨宪益对话集[M]. 北京：人日报出版社, 2011.

[14] 姚一鸣. 沈从文与王际真[J]. 书屋, 2017(11)：23-27.

[15] 詹菊红, 蒋跃. 汉英文学翻译中的缩合现象研究[J]. 外语研究, 2017(5)：75-82.

[16] Bourdieu, Pierre. *Pascalian Meditations*[M]. Cambridge：Polity Press. Stanford：

Stanford University Press, 2000.

［17］Chung, Hilary. Review of *Diary of a Madman and Other Stories*［J］. *Bulletin of the School of Oriental and African Studies, University of London.* 1992, 55（1）: 160-170.

［18］Kao, George. Review of *Ah Q and Other Stories*［J］. *The Far Eastern Quarterly*, 1942（1）: 280-281.

［19］Lovell, Julia. *The Real Story of Ah-Q and Other Tales of China*［M］. London: Penguin Classics, 2009.

［20］Lyell, A. William. *Lu Xun's Vision of Reality*［M］. Berkeley: University of California Press, 1976.

［21］Lyell, A. William. *Diary of a Madman and Other Stories*［M］. Honolulu: University of Hawaii Press, 1990.

［22］Ingarden, Roman. *The Literary Work of Art*［M］. Evanston: Northwestern University Press, 1973.

［23］Szczepanska, Anita. The Structure of Art Works［A］. in Dziemidok, Bohdan & Peter McCormick（eds.）*On the Aesthetics of Roman Ingarden*［C］. Norwell: Kluwer Academic Publishers, 1989: 21-54.

［24］Wang, Chi-chen. *Ah Q and Other Stories*［M］. New York: Columbia University Press, 1941.

［25］Wasserstrom, Jeffrey. China's Orwell［N］. *Time*, 2009-12-07.

［26］Yang, Xianyi & Yang, Gladys. *Selected Stories of Lu Hsun*［M］. Beijing: Foreign Languages Press, 1960.

第三章　学术定势折射的多棱文化镜像

——《阿Q正传》三个译本的文化折射率与译者学术定势比较

1　引　　言

在文化翻译研究中，最热点的论题是归化与异化之争（Venuti，1995）。然而，文化是一个多层次的复合体，归化/异化二分很难反映文化转换的真实情形。目前，虽然有学者如范东生（2000）从 Dahl（1998）的文化三层划分出发，建议对表层文化进行移植，对深层文化译出内涵，但鲜有学者区分不同文化层次的翻译策略。文本阅读能够告诉我们，在不同层次的文化因素翻译过程中，译者常常会表现出不同的倾向，采用不同的翻译策略。此外，如果以定量方式计算原语文本与译语文本之间的文化距离和文化忠实度，考察译者的翻译理念与学术定势，则能更客观地揭示译者的文化立场。

2　文　化　层　次

文化由不同的层次构成，这已是学界共识。如 Trompenaars（1993：22-23）将文化分为：①外层，此为显性层，包括人工制品和产品；②中间层，包括不同规范与价值观；③核心层，此为不可见层，包含无意识下代代相传的关于生命的基本假设。Hofstede（1991：7-9）用"洋葱皮"来描述文化的两个层次：实践层和价值层。Brake（1995：34-39）提出文化的"冰山理论"理论。Dahl（1998）将文化分为：①表层文化，包括人类所有的产品；②中层文化，包括规范与价值观；③深层文化，它是人类的基本判断。Katan（2004：45-71）将文化划分为环境、行为、能力/策略/技巧、价值观、信念、身份和印记。邢福义（1999：109）将文化分为表层物质文化、中层制度文化和深层心理文化。我们可以发现，文化由表层和深层诸多要素组成，越贴近表层，就越易见并依赖生理感知；越贴近深层，就越不易见并依赖心理感知。

3 文化折射率

在穿越翻译这一滤镜的过程中，文化意象会发生不同程度的折射与变形。而定量的"文化折射率"（Cultural Refraction Index，CRI）考察，能更好地反映文化意象存真/改写的程度。

本文采取邢福义（1999）的文化层次模式。即：物质文化是人与自然关系的反映，表征为食物、服饰、建筑、器具等；制度文化是人与人关系的反映，表征为习俗、制度、称谓等；心理文化是人与内心世界关系的反映，表征为情感、认知、价值观等。

文化折射率计算方法如下：

$$CRI = \frac{原语文化总值}{译语文化总值}$$

原项文化值总是设定为 1，译项文化值计算分以下三种情况：

第一种情况，原语的词项在目标语中有对应表达。此种情况下，如果译者按照字面直译，文化意象一致，译语文化值便为 1。如果译者采用意义近似词，即词项不同，但意象相似，能达到"功能对等"（Nida，1969：14），则译语文化值为 0.5。如果译者改变文化意象或避而不译，则译语文化值为 0。

第二种情况，原语的词项在目标语中不存在对应表达。此种情况下，如果译者采取脚注，或音译/创译并加上文内扩充解释，译语文化值为 1。如果译者采用功能近似词，译语文化值为 0.5。如果译者改变文化意象或避而不译，译语文化值为 0。

第三种情况专门针对《阿 Q 正传》的文体要素。《阿 Q 正传》的叙事语言中间常常穿插一些古语句子，这些格言、警句正是中国古代哲学观、世界观的浓缩。按照 Leech & Short（2001：24）的观点，意义＝意思＋文体价值。本文将意思和文体价值各赋权 50%，意思和文体的文化值满分各为 0.5。在语义层面，如果意思忠实传递，文化值为 0.5；在文体层面，如果使用古体英语翻译，便体现了译者再现古代中国哲学思想的努力，文化值为 0.5，如果使用现代英语翻译，则是文体的功能近似，文化值为

$$0.5 \times 0.5 = 0.25$$

在各个层次的译语文化总值统计完成后，计算出文化折射率（CRI）。CRI 越大，译文的文化意象变形越大；CRI 越小，译文文化意象越忠实。

4 《阿 Q 正传》个案研究

如前所述，迄今为止鲁迅小说有三个全译本，分别是杨宪益、戴乃迭译本（1960）（以下简称杨译）、威廉·莱尔（William Lyell）译本（1990）（以下简称莱译）和蓝诗玲（Julia Lovell）译本（2009）（以下简称蓝译）。本文将从"文化折射率"的角度对这三个译本的《阿 Q 正传》进行

比较研究。

4.1 《阿 Q 正传》简介

《阿 Q 正传》是鲁迅最负盛名的小说，是"唯一享誉国际的中国现代短篇小说"（Chan，1975：269）。故事以辛亥革命前后的中国农村为背景，刻画了未庄身强力壮的流浪雇农阿 Q。他受强者欺侮，却又欺凌弱者，以寻求心理优越感。鲁迅正是通过塑造阿 Q 这一愚昧麻木的底层人物形象，揭露和鞭笞旧中国的社会病态和国民劣根性：愚昧、自负、冷酷、自私以及扭曲的精神胜利法。

4.2 物质文化折射率

《阿 Q 正传》中的物质文化包括五个子项：建筑、器具、食物、服饰、货币。每个子项将选取一例分析。

4.2.1 建筑

原文：土谷祠

"土谷祠"实际指的是"The Temple of the God of Land and Grain"。杨译为"the Tutelary God's Temple"，莱译为"Land-and-Grain Temple"，蓝译为"the Temple of the God of the Earth and the God of the Five Grains"。杨译是"God of Land and Grain"的上位功能词，文化值为 0.5；莱译按字面翻译，隐含的"God"未译出，文化值为 0.5；蓝译是原词项形象的真实传递，文化值为 1。

4.2.2 器具

原文：龙牌

杨译为"imperial tablet"，莱译、蓝译均为"tablet"。杨译真实地传递了内涵信息，文化值为 1；莱译和蓝译都忽略了"龙"的内涵意义，文化值为 0.5。

4.2.3　食物

原文：黄酒

杨译为"yellow wine"，莱译为"wine"，蓝译为"rice wine"。杨译关注点在于颜色，蓝译则在于原材料，二者文化值均为 1；莱译属于功能近似词，文化值为 0.5。

4.2.4　服饰

原文：布衫

杨译和蓝译均为"shirt"，是功能近似词，文化值为 0.5；莱译为"cotton jacket"，形象准确，文化值为 1。

4.2.5　货币

原文：角洋

杨译为"silver coin"，莱译为"silver dollar"，蓝译为"silver"。杨译是真实信息，文化值为 1；莱译是功能近似词，文化值为 0.5；蓝译是功能上位词，文化值为 0.5。

综上，三个译本的物质文化折射率如表 3-1 所示。

表 3-1　物质文化折射率

种类	杨译		莱译		蓝译	
建筑(3 项)	1.20		1.20		1	
器具(22 项)	1.19		1.29		1.13	
食物(4 项)	1	1.21	1.33	1.23	1	1.07
服饰(12 项)	1.04		1		1.09	
货币(8 项)	1.60		1.33		1.14	

4.3 制度文化折射率

《阿Q正传》中的制度文化包括六个子项：官规、民俗、文学艺术、计量单位、朝代、称谓。以下每个子项选取一例分析。

4.3.1 官规

原文：文童落第

杨译为"a scholar who has failed in the examinations"，莱译为"as a Young Literatus who had failed the civil service examinations"，蓝译回避原文未译出。杨译没有提到科举考试信息，文化值为0.5；莱译再现了科举考试的实质，文化值为1；蓝译文化值为0。

4.3.2 民俗

原文：孝敬钱

小说的孝敬钱是地保向阿Q索要的封口费。杨译为"hush money"，莱译为"filial donation"，蓝译为"offering"。杨译呈现了真正的语用意义，文化值为1；莱译为字面翻译，未能抓住原文的语用内涵，文化值为0；蓝译给读者的感觉是，给神灵的祭物或主动给人之物，文化值为0.5。

4.3.3 文学艺术

原文：《郡名百家姓》

杨译为"The Hundred Surnames"，莱译为"The Hundred Surnames and Their Places of Origin"，蓝译为"The Hundred Surnames"。莱译是完整解释，文化值为1；而杨译和蓝译是部分解释，文化值为0.5。

4.3.4 计量单位

原文：寸

杨译和蓝译均为"inch"，莱尔未译出。杨译和蓝译是功能近似词，文化值为 0.5；莱译文化值为 0。

4.3.5　朝代

原文：商

杨译为"the Shang Dynasty"，并加脚注，莱译为"the Shang dynasty[1722-1122B. C.]"，蓝译为"the Shang dynasty"，并加尾注。三个译文均是对原文信息的准确呈现，文化值皆为 1。

4.3.6　称谓

原文：赵太爷

杨译为"Mr Zhao"，莱译为"Old Master Zhao"，蓝译为"the great Mr Zhao"。杨译是功能近似词，文化值为 0.5；莱译和蓝译均是完整解释，文化值为 1。

制度文化折射率如表 3-2 所示。

表 3-2　制度文化折射率

种类	杨译		莱译		蓝译	
官规(7 项)	1.08		1		1.27	
民俗(16 项)	1.18		1.10		1.52	
文学艺术(5 项)	1.11	1.34	1	1.19	1.11	1.59
计量单位(5 项)	2.5		2		3.33	
朝代(5 项)	1		1		1	
称谓(32 项)	1.16		1.03		1.28	

4.4　心理文化折射率

《阿Q正传》中的心理文化包括四个子项：宗教、情感、认知、（评价性)历史人物。以下每个子项选取一例分析。

4.4.1 宗教

原文：神仙

杨译为"legendary figure"，莱译为"Taoist monks who live forever"，蓝译为"God"。杨译改变原义，文化值为 0；莱译是忠实呈现，文化值为 1；蓝译是功能近似词，文化值为 0.5。

4.4.2 情感

原文：怒目主义

杨译为"furious glare"，莱译为"Policy of dirtylookism"，蓝译为"the Art of the Angry Glare"。杨译是行动，与原文基于行动的情感有一定区别，文化值为 0.5；莱译是情感的真实再现，文化值为 1；蓝译将情感转为"艺术"，目的是为达到反讽效果，文化值为 0.5。

4.4.3 认知

原文：不孝有三无后为大

杨译为"There are three forms of unfilial conduct, of which the worst is to have no descendants"，莱译为"*Of three things which do unfilial be/ The worst is to lack posteritie*"，蓝译为"There are three ways of betraying your parents, of which dying without descendants is the most serious."三个译文意义均准确。为了再现古代中国的哲理智慧，莱译使用了斜体、古体英语和押韵，文化值为 1；杨译和蓝译则用现代英语寻求风格的功能近似，文化值为 $0.5+0.5×0.5=0.75$。

4.4.4 （评价性）历史人物

原文：羲皇(时候)

杨译为"the peaceful days of Emperor Fu Xi", 并加脚注, 莱译为"the reign of Fu Xi", 并加脚注, 蓝译为"the time of the ancient sage emperors"。杨译和莱译文化值均为1; 蓝译略去了伏羲的信息, 文化值为0.5。

心理文化折射率如表3-3所示。

表 3-3　心理文化折射率

种类	杨译		莱译		蓝译	
宗教(11项)	1.16		1.05		1.83	
情感(2项)	1.33	1.23	1	1.02	2	1.65
认知(22项)	1.42		1.02		1.58	
历史人物(3项)	1		1		1.20	

三个译本在三个层次上的文化折射率如表3-4所示:

表 3-4　三个层次文化折射率比较

文化层次	杨译	莱译	蓝译
物质文化(49项)	1.21	1.23	1.07
制度文化(70项)	1.34	1.19	1.59
心理文化(38项)	1.23	1.02	1.65
平均值(157项)	1.26	1.15	1.44

我们看到, 在物质文化层次, 蓝译的文化折射率最小, 与原文最为接近, 杨译和莱译分居其后; 在制度文化和心理文化层次, 莱译的文化折射率最小, 与原文最为接近, 杨译和蓝译分居其后。总体而言, 莱译与原文的文化距离最小, 文化忠实度最高; 蓝译与原文的文化距离最大, 文化相忠实最低; 杨译则介于二者之间。

5　译者学术定势(Scholastic Disposition)与文化立场

在布尔迪厄(P. Bourdieu)的社会学理论体系中，场域、惯习、资本是三个基本的一级概念，而在二级概念中，定势(disposition)又是非常重要的构成因素。他(1993：5)认为，惯习是一套持续的、可转换的定势系统，能够使结构化了的结构发挥其结构能力的作用。

在定势体系中，"学术定势"(scholastic disposition)(Bourdieu, 2000)是学术场域中学者所持的特定视角，以之来对社会问题进行理智分析(Webb et al., 2002：xv)。在布尔迪厄看来，学术定势的获得往往与学习的情境有关，教育使之确定下来。它必须纳入一定的学术场域(scholastic field)，并隶属某一学术空间(scholastic universe)，场域提供条件确保它的发展(Bourdieu, 2000：14)。学术场域因象征元素的生产而获得自治地位，它不断与经济因素脱离开来，学术定势在这一过程中发展出自身的特征(ibid：17-18)。

可以看出，学者的学术定势与其教育背景相关，受制于其对学术空间中诸学术场域关系的理解，并具有自我中心主义(egoistic)的特征。

在翻译领域，译者的学术定势是译者在信息、美学价值、文化等因素的转换过程中所持的理念和表现出的倾向与偏好。它决定了译者以何种视角与态度，去表现自己的文本审美与读者关切。《阿 Q 正传》三个译本的文化立场可以通过对比以下三组学术定势加以解读。

5.1　政治倾向 vs. 文学倾向

鲁迅作品是象征启示和文体价值的统一。比较而言，莱译更具政治倾向，蓝译更具文学倾向，杨译则介于二者之间。

作为鲁迅研究的专家，莱尔对鲁迅的迷惘与彷徨、追寻与诉求、批判与愤激有着最为深刻的了解。在译文的引言部分，莱尔讲述了鲁迅的生平、政治立场与小说修辞主题的形成。在其专著《鲁迅的现实观》(Lyell，1976)中，莱尔介绍了鲁迅早年的生活经历，以及他如何走上弃医从文、以文学警醒国人之路。他还分析了鲁迅对这个"吃人"礼教社会的诊断，并直言无治疗之良方。莱尔在呈现鲁迅小说的政治主题方面着力最多。前面统计表明，莱译的制度文化和心理文化折射率分别为1.19 和 1.02，在三个译本中均为最小。对于国民畸形的社会关系、狭隘的思维模式以及情感状况，莱译均贴近原作一一作了介绍。比如，在用隐喻方式鞭笞国民性格时，莱尔是这样评价阿 Q 的："精神胜利法将失败粉饰为胜利……并将人格角色分为两种——上层与下层，压迫者与受压迫者，胜利者与失败者。阿 Q 显然是把自己归入上层—压迫者—胜利者的人群"(ibid：228-229)。

作为研究中国学的汉学家，蓝诗玲的学术兴趣在于现代中国国家建设、中国文学和中国历史。在其译本的引言部分，蓝诗玲着力介绍了鲁迅的生平、政治立场、文学风格的形成，以及对后世作家的影响。一方面，鲁迅的小说是一副文化药剂，专门用来治疗国人的顽疾，蓝诗玲对此认识深刻，了然于心；另一方面，她更关注中国文学的过去、现在和未来。在她看来，"鲁迅是集狄更斯和乔伊斯于一身的人物，他在时代洪流中冷眼观世，并重新创造了语言和艺术形式"(Lovell，2010)。蓝诗玲曾将许多中国文学经典作品译介到英语世界，并由著名的企鹅出版社出版。作为一位享誉海外的成功译家，蓝诗玲非常清楚中国小说缘何在英语世界中遭受冷遇。一是文化层面的外围原因：中西文化相去甚远，这就使得阅读传统迥异的目标语读者难以跟上中国文学的步调。二是历史原因：中国作家经历了诸多政治变革、愧疚、焦虑与不安，他们认为自己应当有所作为，救国于水火危难(Lovell，2005)。蓝诗玲希冀"呈现的鲁迅作品是面向汉学研究圈之外的普通英语读者，试图让读者了解鲁迅在中国的权威地位，并以此将鲁迅视作一个富有创造力的文体家和思想家，其文学理念能够超越他创作时所处的社会政治环境"
(Lovell，2009：xlv)。

我们发现蓝译本物质文化折射率为 1.07，为三个译本的最低；而
制度文化和心理文化折射率分别为 1.59 和 1.65，均为三个译本的最高。
在表层文化方面，她通过呈现可见的异国元素尽量吸引读者；在深层文
化方面，她通过"改写"呈现给读者熟悉的概念和认知模式，同时提升
作品的流畅度以增强读者的阅读兴趣。

在杨译本的序言部分，外文出版社称鲁迅为"中国现代文化革命的
主将，他不仅是一位伟大的思想家和政治家，也是中国现代文学的奠基
人"(Yang & Yang，1960)。出版社甚至将鲁迅推向一个他本人都未曾
预想到的政治高峰："鲁迅早年是一个民主革命人士，后来逐渐成长为
一名共产主义者。"(ibid)。尽管杨氏夫妇承担着许多作为政治任务的翻
译工作，他们还是最喜欢鲁迅的作品。他们甚至认为鲁迅作品的翻译是
最为重要的工作(黄乔生，2010)。一方面，杨氏夫妇在那动荡的岁月
里，通过秉持"忠实"的原则避免政治上的麻烦；另一方面，他们的译
作又具有简洁、流畅、典雅的特征。我们发现杨译的物质文化、制度文
化和心理文化折射率分别为 1.21、1.34、1.23，均居于莱译和蓝译之
间，这也反映了杨译在政治性和文学性方面采取的折中态度。

例如，对于"精神胜利法"，杨氏译为"psychological victory"，莱尔
译为"psychological victory"，蓝诗玲译为"moral victory"。标立"精神胜
利法"这一概念，鲁迅意欲鞭笞病态的、恃强凌弱的国民性格。莱译和
杨译侧重于国民之病的病理，蓝译则侧重道德和智力层面："阿 Q 是一
个木讷的中国老百姓——这个虚拟传记的主人沉浸在愚昧无知、自大无
礼、荒唐可笑的快乐之中，哪怕是临刑前仍愚顽不化。"(Lovell，2010)

5.2 文献倾向 vs. 愉悦倾向

翻译中的文化传递出现障碍，译者通常会采用"厚翻译"(thick

translation）（Appiah，1993）予以消弭。有些文化因素可以在文内扩充增释，与叙事融为一体；有些则远离叙事主线，需要用脚注或尾注阐明。译者对何种方法的偏好，以及注释的数量，反映出译者对目标读者有意无意的定位：译文究竟以文献和历史价值为要义，还是以愉悦和启迪价值为先旨？

三个译本的注释数量差别巨大：莱译有 67 处脚注，杨译有 21 处脚注，蓝译有 7 处尾注。注释构成情况如表 3-5 所示：

表 3-5 注释构成情况

	中国传统/故事背景	引文出处	历史人物信息	中国哲学思想	行为/想法旁注	相关注释互引
杨译	9	4	6	2	0	0
莱译	26	13	8	6	10	4
蓝译	4	0	3	0	0	0

我们注意到，莱尔使用的脚注最多，按数量排列依次为：中国传统/故事背景解释、引文出处、人物行为/想法的旁注、历史人物信息、中国哲学思想、其他相关脚注的互引。对莱尔而言，在继王际真（Wang，1941）和杨宪益、戴乃迭（1960）之后，重译这样一部重要的中国文学经典，尽可能地争取更多读者是其重要目标，因此他将不同读者群体的需求皆考虑在内。在译本引言部分，他提道："译者应当尽可能多地提供充足的文献信息，以保证读者获得大致相同的文本理解——或误解。此外，除了那些已经熟悉中国历史文化、决意阅读这些小说的群体之外，译者还应当尽可能寻求更为广泛的阅读受众，扩大读者圈。因此，尽管某些注释对有的读者来说多余，但我还是相信会有人觉得它们有用"（Lyell，1990：xlii）。

蓝译本注释最少，主要是简要地解释中国传统/故事背景和历史人物信息。对她而言，流畅、愉悦才是重中之重，应当尽可能把对读者阅读的干扰降到最低。因此她尽量采用增释方式，有时候也会采取文化借用，或略去不译。在其译文的"翻译絮语"部分，她写道："为了增强译文的流畅性，我将脚注和尾注的使用降到最低。对于一些中国读者默认的不太重要的背景信息，我尽量融入正文。……在不牺牲语言准确性的前提下，避免脚注和尾注的过度干扰，能够忠实地再现阅读原作的体验"（Lovell，2009：xliv）。

杨译本脚注关注最多的是中国传统/故事背景、历史人物信息和引文出处。杨译的首要原则在于忠实。杨宪益说，翻译的时候不能作过多的解释，译者应尽量忠实于原文的形象，既不要夸张，也不要夹带任何别的东西。如果译者确实找不到等同的东西，那就肯定会牺牲一些原文的意思（杨宪益，2011：4）。一方面，可以使用脚注给读者提供一些必要信息；另一方面，他们也意识到，脚注会减轻原文的分量（ibid：6）。因此对于脚注，他们的态度是既不过多使用，也不反对使用，所以其译本的文化距离和文化忠实度在每个层次均位居莱译本和蓝译本之间。

我们看到，莱译的文献倾向最为明显，蓝译突出的是愉悦倾向，而杨译介于二者之间。

5.3 原创倾向 vs. 互文倾向

物质层次的产品、制度层次的民俗以及心理层次的认知，在英语中常常找不到对应表达。有些可以在正文部分扩充增释，有些则完全具有中国特征，如果使用扩充增释，会使文本过于累赘、结构失去平衡，故而翻译这些词项时只能借用功能近似词。功能近似词能够激发"参与者的观念和先见知识"（Beaugrande & Dressler，1981：192），我们视其为"互文性"。

我们发现，在物质文化层次借用功能近似词最多的是器具和货币。例如"钢鞭"，杨译和莱译均为"steel mace"，蓝译为"mace"。《朗文现代英语词典》中"mace"的解释是：a heavy ball with sharp points on a short metal stick, used in the past as a weapon。可见，汉语中的"钢鞭"和英语中的"mace"还是有一些区别的，不过这种互文性能够唤起读者的"心智意象与情景"（ibid：200）。

在制度文化层次，借用功能近似词最多的是称谓和计量单位。例如"李四、张三"，杨译为"Li So-and-so；Zhang So-and-so"，莱译为"Li-four；Zhang-three"，蓝译为"Any Li, Wang or Zhang"。莱译为自创词，而杨译和蓝译都运用了互文性。莱译准确表现了中国人对于那些无足轻重、又说不上名字的人物的称谓方式，但可能会给英语读者阅读带来一定的困难。杨译在"Li"和"Zhang"后面加的"so-and-so"，是英语指代那些身份不明、微不足道的人物的常用方式。蓝译是仿写英语习语"Tom, Dick or Harry"。杨译和蓝译采取的互文手法能够激活读者大脑中的"先知图式"（ibid：198）。

在心理文化层次，当格言、警句在英语中没有对应表达的时候，蓝译倾向于使用功能近似语，而杨译和莱译则倾向于采用创译方式。例如"塞翁失马焉知非福"，杨译为"Misfortune may prove a blessing in disguise"，莱译为"Losing can sometimes be a blessing in disguise"，蓝译为"Every cloud has its silver lining"。"塞翁失马"在汉语中已经成为"死隐喻"，中国人在使用"塞翁失马焉知非福"的时候，通常不会想起"塞北老人"，而是直接触发语用意义"焉知非福"。因此杨译和莱译都是直译（尽管使用了短语 a blessing in disguise，但没有借用英语的意象）。蓝译则是借用英语谚语，它最早来源于弥尔顿（John Milton）的诗句，现在已经成为了一部经典爱情家庭主题的电影片名。虽然 cloud 和 silver lining 使得意象完全改变，但读者的移情共鸣可能会强烈一些。这种互文性能够唤起读者的"话语世界模型"（ibid：194）。

三个层次的互文手法统计如表 3-6 所示。

表3-6　三个层次互文手法统计

文化层次	杨译	莱译	蓝译
物质文化	7	9	6
制度文化	7	2	7
心理文化	1	1	5
共计	15	12	18

　　如表3-6所示，在物质文化层次，莱译比杨译和蓝译使用更多的互文手法；在制度文化层次，莱译比杨译和蓝译使用的互文手法要少得多；而在心理文化层次，蓝译使用的互文手法要远多于杨译和莱译。我们可以得出三点结论：

　　第一，在可见文化层次（物质和制度层次），杨译尽可能多地使用互文手法，而在心理层次，则尽可能少用。这表明杨氏夫妇在翻译过程中更多地考虑降低读者对于异国物质文化和制度文化的认知难度，并尽量将国人的思维方式、情感模式和病态心理忠实再现。第二，在物质文化层次，莱译使用的互文手法最多，但在制度和心理层次，使用最少。这表明莱尔希望借助英语读者熟悉的器具、食物等形象，降低他们的阅读难度，与此同时又向他们传递了中国人社会关系与行为模式、病态认知与心理的真实信息。第三，在制度和心理层次，蓝诗玲是尽可能多地使用互文手法，这表明她最关切的是如何使读者容易读懂，并产生认知和情感的共鸣，保持阅读兴致。

　　由于心理文化的核心是群体的价值观，所以我们认为蓝译的互文倾向最为明显，莱译突出的是原创倾向，杨译介于二者之间。

6　结　　语

　　在后理论时代，人文学科研究的"数字转向"不仅能够拓展研究的空间，还能使研究充满活力（李点，2017）。对于文化翻译，定量的文化折射率考察可以评估译文与原文的文化距离和文化忠实度，在此基础上对译者学术定势的分析，又有助于揭示译者的文化立场。翻译批评过程中，运用定量统计与定性论断相结合，文本内描写和文本外解释相结合，能使翻译批评更为客观和准确。

◎ 参考文献

[1] 范东生. 文化的不同层次与翻译标准[J]. 外国语，2000（3）：67-72.

[2] 黄乔生. 杨宪益与鲁迅著作英译[J]. 海内与海外，2010（1）：12-16.

[3] 李点. 人文学科在后理论时代的"数字转向"[N]. 社会科学报，2017-08-10.

[4] 马悦然. 欧阳江河. 我的心在先秦[J]. 读书，2006(7)：3-13.

[5] 邢福义. 文化语言学[M]. 武汉：湖北教育出版社，1999.

[6] 杨宪益. 杨宪益对话集（修订版）[M]. 北京：人民日报出版社，2011.

[7] Appiah, K. A. Thick Translation[J]. *Callaloo*, 1993, 16 (4)：808-819.

[8] De Beaugrande, R. A. & Dressler, W. *Introduction to Text Linguistics*[M]. London：Longman, 1981.

[9] Bourdieu, P. *The Field of Cultural Production*[M]. New York：Columbia University Press, 1993.

[10] Bourdieu, P. *Pascalian Meditations*[M]. Cambridge：Polity Press, 2000.

[11] Brake, T., Danielle, M., & Thomas W. *Doing Business Internationally*：*The Guide to Cross-cultural Success*[M]. Burr Ridge, IL：Irvin, 1995.

[12] Chan, M. Chinese Wasteland：Review of *Silent China*[J]. *Novel*：*Forum on Fiction* 1975, 8(3)：268-272.

[13] Chung, H. Review of *Diary of a Madman and Other Stories*[J]. *Bulletin of the School of Oriental and African Studies, University of London*, 1992. 55 (1)：160-170.

[14] Dahl, S. Communications and Culture Transformation：Cultural Diversity, Globalization and Cultural Convergence[J/OL]. *Project presented to the Europe an*

University[*Internet*], 1998.

[15] Hofstede, G. *Cultures and Organizations*: *Software of the Mind*[M]. London: McGraw Hill, 1991.

[16] Katan, D. *Translating Cultures*: *An Introduction for Translators*, *Interpreters and Mediators*[M]. Shanghai: Shanghai Foreign Language Education Press, 2004.

[17] Leech, G. & Short, M. *Style in Fiction*: *A Linguistic Introduction to English Fictional Prose* [M]. Beijing: Foreign Language Teaching and Research Press, 2001.

[18] Lovell, J. Great Leap Forward[N]. *The Guardian*, 2005-06-11.

[19] Lovell, J. *The Real Story of Ah-Q and Other Tales of China. The Complete Fiction of Lu Xun* [T]. London: Penguin Classics, 2009.

[20] Lovell, J. China's conscience[N]. *The Guardian*, 2010-06-10.

[21] Lyell, W. A. *Diary of a Madman and Other Stories* [T]. Honolulu: University of Hawaii Press, 1990.

[22] Lyell, W. A. *Lu Xun's Vision of Reality* [M]. Berkeley: University of California Press, 1976.

[23] Nida, E. A. *The Theory and Practice of Translation*[M]. Leiden: E. J. Brill, 1969.

[24] Trompenaars, F. *Riding the Waves of Culture* [M]. London: The Economic Books, 1993.

[25] Venuti, L. *The Translator's Invisibility*[M]. London & New York: Routledge, 1995.

[26] Wang, C. *Ah Q and Others*: *Selected Stories of Luhsin* [T]. New York: Columbia University Press, 1941.

[27] Wasserstrom, J. China's Orwell[N]. *Time*, 2009-12-07.

[28] Webb, J., T. Schirato, G. Danaher. *Understanding Bourdieu*[M]. Australia: Allen & Unwin, 2002.

[29] Yang, X & Yang, G. *Selected Stories of Lu Hsun* [T]. Beijing: Foreign Languages Press, 1960.

第四章　小说翻译的情感批评

——以《祝福》英译为例

情感是小说的重要组成部分，对于翻译中的情感批评目前一般是围绕着移情问题。如朱光潜（1984：537）、刘宓庆（2005：220-221）、苏艳（2005）等学者都探讨过移情的性质与过程。但是，如何对译文的情感进行定性和定量批评，如何精确地比较不同译本的情感赋值，如何判断影响翻译家情感融入的因素，目前尚无深入的研究。本文准备以 Martin & White（2005）的评价理论为框架，以《祝福》的三个译本为对象，对情感批评进行探讨。

1　评价理论及其在翻译中的运用

Martin & White（2005）的评价理论是对韩礼德功能语言学人际领域的延伸。它包括态度（attitude）、介入（engagement）、级差（graduation）三个系统。态度系统下面包括情感（affect）、判断（judgment）、鉴赏（appreciation）三个子系统，态度的呈现又有显性（inscribed）和隐性（invoked）两种方式。介入系统包括自言（monogloss）和他言（heterogloss），级差系统包括语势（force）和聚焦（focus）。

目前将评价理论运用于翻译的研究，可以分为规定性研究和描述性研究。规定性研究主要是从评价系统的等值角度对比原文和译文，如于建平、岂丽涛(2007)分析了《好了歌》八个译本在评价系统上的等值情况，苏奕华(2008)通过对比学生译文和杨宪益译文，主张译文在态度翻译上既不能欠额又不能过载。描述性研究以描写的方式分析翻译中影响态度变化的变量，如张美芳(2002)、钱宏(2007)分析了译文不忠实于原文(主要是实用文本)评价意义的因素，余继英(2010)借助评价系统分析了对译文改写的意识形态操控。在文学翻译实践中，译者是否可能完全忠实于原文的情感/态度因素？如果不可能，又是哪些因素影响这一改变过程？在研究方法上，能否以定量的方式结合评价理论进行分析？

故此，本文以《祝福》的三个全译本为例，运用评价理论对情感进行定量和定性的批评。

2 《祝福》三个译本的情感赋值：定量考察

2.1 研究方法

我们先将三个译本在态度评价方面有差异的句子全部取出，然后根据评价者和评价对象将它们归集为四类：叙事者对祥林嫂的态度；叙事者对自己的态度；叙事者对祥林嫂周围人的态度；祥林嫂周围人对她的态度。每一个句子里会含有一个或几个评价小项，这些小项主要是情感，也有少量的判断和鉴赏。根据 Martin & White(2005：45)的观点，判断和鉴赏是习俗化的(institutionalised)情感，情感是判断和鉴赏的核心。因此本文所讨论的小说情感取广义，是语言学理论中包括了情感、判断、鉴赏的整个态度成分。三个译本最大的区别在于级差的不同，我们按照级差语势的高、中、低分别给分 3、2、1，失去评价意义的给 0分。然后算出总分，并考察译本间是否存在显著性差异。

2.2　翻译家对各型人物的情感赋值

《祝福》是鲁迅小说的代表作之一，通过描写祥林嫂丧夫、被卖、再嫁、亡子、被辱、死亡的悲惨一生，揭示了 20 世纪中国农村的矛盾，鞭挞了封建礼教对女性的迫害。下面我们按照人物关系类型分别考察。

2.2.1　叙事者对祥林嫂的态度评价

对祥林嫂的描写可以按照故事时间分为前后两段：早期模样周正、健康耐劳的祥林嫂，和晚期失夫丧子、横遭讽辱、麻木呆滞的祥林嫂。前期描写存在差异的有四句，后期有八句。我们各取一句来分析。

原文 1) ……乌裙，蓝夹袄，月白背心，年纪大约二十六七，脸色青黄 [鉴赏]，但两颊却还是红 [鉴赏] 的。

原文 2) 她张着口怔怔的 [情感] 站着，直着眼睛看他们，……

句编号	原文	杨译	莱译	蓝译
1)	脸色青黄	sallow	rather pale	a sallow, greenish tinge
	两颊红的	red	rosy	pink
2)	怔怔的	stupidly	stunned	stupidly

第一句描写的是刚刚丧夫、初来鲁镇的祥林嫂。"脸色青黄""两颊却还是红的"属于鉴赏之下的反应(reaction)。杨译是 though her face was sallow her cheeks were red，其中 sallow 和 red 二词为中等语势，分值判为 2；莱译是 was on the whole rather pale, though her cheeks were rosy，虽然 rosy 的语势很高，但句子的重心却在 rather pale 上，因此分值也判为 2；蓝译是 Though her face had a sallow, greenish tinge to it, her cheeks were pink，在蓝诗玲心目中祥林嫂是最为健康的：a sallow, greenish tinge 显示脸上只有淡淡青黄的痕迹，且 pink 处于句子的重心，

能使读者联想起 pink health（极佳的健康），其分值判为 3。

第二句描写的是失去儿子又得不到同情的祥林嫂。"怔怔的"属于情感之下的不安全（insecurity），杨译和蓝译的 stupidly 转变为判断之下的规范（normality），语势中，分值为 2；莱译 stunned 是情感之下的不安全，语势高，分值为 3。

我们将 12 个句子统计之后发现，在叙事者对待祥林嫂的态度评价上，莱译分值最高，44 分；杨译稍低，42 分；蓝译最低，31 分。然后用 Mann-Whitney U 统计，结果表明，莱译和杨译的 Exact Sig.为 0.322，没有显著性差异；莱译与蓝译的 Exact Sig.为 0.012，有显著性差异；杨译与蓝译的 Exact Sig.为 0.053，没有显著性差异。这表明，莱尔和杨宪益对祥林嫂不幸命运明显表露出同情，对祥林嫂勤劳朴实、善良温顺、易于满足的品质，以及丧夫失子之后所受的打击、所做的挣扎、所经历的痛苦和绝望，有着深刻的理解。相比之下，蓝诗玲比较注重故事的情节，对主人公的同情不够。

2.2.2 叙事者对自己的态度评价

在叙事者对自己的评价中，六个句子有差异，我们选看其中的两句。

原文 1) "说不清"是一句极有用的话。[情感]

原文 2) 但是我总觉得不安[情感]，过了一夜，也仍然时时记忆起来，仿佛怀着什么不祥的豫感[情感]，在阴沉[情感]的雪天里，在无聊[情感]的书房里，这不安[情感]愈加强烈了。

句编号	原文	杨译	莱译	蓝译
1)	极有用的话	a most useful phrase.	what a wonderfully useful expression！	what a useful little phrase it is.

续表

句编号	原文	杨译	莱译	蓝译
2）	不安	uneasy	uneasy	unsettled
	不祥的豫感	a certain sense of foreboding	a premonition of disaster	ill omen
	阴沉	oppressive	gloom	gloomy
	无聊	gloomy	wearisome	tediously
	不安	uneasiness	anxieties	feeling of unease

　　第一句是叙事者自责的一句话，属于情感之下的不满意（dissatisfaction）。杨译用普通陈述句，结尾用句号，语势最低，分值为1；莱译用的是感叹句和感叹号，语势最高，分值为3；蓝译用的是感叹句和句号，语势居中，分值为2。

　　第二句含有五个情感评价项。第一项"不安"，三位译者分别译为uneasy、uneasy、unsettled，它们都是中等语势。第二项"不祥的豫感"，杨译a certain sense of foreboding，语势中，聚焦（focus）低，分值为1；莱译a premonition of disaster语势最高，分值为3；蓝译ill omen语势中，分值为2。第三项"阴沉"，杨译为oppressive，莱译为gloom，蓝译为gloomy，三者都是高语势。第四项"无聊"，杨译为gloomy，语势最高，分值为3；莱译为wearisome，蓝译为tediously，二者均为中等语势，分值为2。第五项"不安"，杨译为uneasiness，语势中，分值为2；莱译为anxieties，语势最高，分值为3；蓝译为feeling of unease，语势中，分值为2。

　　我们将这一部分六个句子的分值相加，发现在叙事者对待自己的评价上，莱译分值最高，26分；杨译次之，19分；蓝译最低，17分。Mann-Whitney U 统计表明，莱译和杨译的 Exact Sig. 为 0.014，有显著性差异；莱译和蓝译的 Exact Sig. 为 0.000，有显著性差异；杨译和蓝译的

Exact Sig.为 0.489，没有显著性差异。叙事者"我"是一个具有进步思想的小资产阶级知识分子，他同情弱者，但面对封建礼教的黑暗和残酷又无能为力。对于叙事者复杂、矛盾的性格和心情，莱尔体验最为深刻，杨宪益和蓝诗玲相对而言较弱。

2.2.3 叙事者对祥林嫂周围人的态度评价

祥林嫂周围的人包括四叔、四婶、卫老婆子、柳妈、祥林嫂婆婆、堂伯、村民，这些人是直接或间接杀死祥林嫂的凶手，叙事者对待他们持着否定、负面的态度评价。有评价意义的句子是十六个，我们选四句作分析。

原文 1）一见面是寒暄，寒暄之后说我"胖了"，说我"胖了"之后即大骂其新党。[隐含情感]

杨译：Having exchanged some polite remarks upon meeting he observed that I was fatter, and having observed that I was fatter launched into a violent attack on the reformists.

莱译：Upon seeing me, he recited the usual social commonplaces；commonplaces concluded, he observed that I had put on weight；that observation having been made, he began to denounce the new party.

蓝译：After a little polite chit-chat and the observation that I had put on weight, he launched into a great tirade against reformist politics.

鲁四老爷虚伪残忍，是封建礼教的维护者。叙事者在表达对他的反感时，将隐含情感表达于重复句式之中："之后……之后……"杨译和莱译给予了很好的体现，语势高，分值为3；蓝译却将此重要的表达简化，在一定程度上降低了语势，分值为2。

我们再看下面三句。

原文 2）柳妈的打皱的脸[隐含情感]也笑起来，使她蹙缩得像一个核桃，干枯的小眼睛[隐含情感]一看祥林嫂的额角，又钉住她的眼。

原文 3) 而且仍然是卫老婆子领着，显出慈悲模样[隐含情感/判断]，絮絮[隐含情感]的对四婶说：……

原文 4) 说刚才远远地看见一个男人在对岸徘徊[隐含情感]……

句编号	原文	杨译	莱译	蓝译
2)	打皱	wrinkle	wrinkle	sour frown
	干枯的小眼睛	beady eyes	wizened little eyes	tiny, shriveled pupils
3)	显出慈悲模样	compassionately	Assuming an exaggerated air of compassion	her features arranged into an expression of charitable indulgence
	絮絮	（缺）	prattled on and on	verbosely
4)	徘徊	pacing up and down	skulking around	loitering a way off

第二句是对柳妈的评价。柳妈虽是穷苦人，但也是摧杀祥林嫂的间接帮凶，叙事者的字里行间隐含着不满，形象上也给予了丑化。对于"打皱"，杨译和莱译都是 wrinkle，但是蓝译用的是 sour frown，语势大大高于前二者，杨译、莱译、蓝译评分分别为 1，1，3。对于"干枯的小眼睛"，杨译是 beady eyes，朗文词典解释 beady 意为 small, round, and shining，莱译的 wizened little eyes 和蓝译的 tiny, shriveled pupils 都突出了"干枯"的形象，隐含情感的语势高于杨译，评分分别为 1，3，3。

第三句是对卫老婆子的评价。卫老婆子利欲熏心、虚伪狡黠，原文用"显出慈悲模样""絮絮"，明显外溢厌恶之情，属于情感之下的不满意。杨译用 explained compassionately，将原文的否定评价变成了肯定，分值为 0；莱译用 Assuming an exaggerated air of compassion 和 prattled on and on，蓝译用 her features arranged into an expression of charitable indulgence 和 verbosely，都表达了强烈的厌恶之情，语势高，分值都为 3。

第四句是对祥林嫂堂伯的评价。他贪财无情，原文的"徘徊"隐含了恐惧的情感意义。杨译的 pacing up and down，蓝译的 loiter a way off 都没有情感意义，分值为 0；莱译的 skulk around 加入了情感意义，韦氏词典解释 skulk 为：to hide or conceal with sinister intent。可见，莱译给予的负面评价最高，分值为 3。

我们将叙事者对于祥林嫂周围人群的态度总结后发现，莱译的情感赋值最大，分值为 63，蓝译次之，52 分，杨译最低，39 分。Mann-Whitney U 统计表明，莱译和杨译的 Exact Sig. 为 0.001，有显著性差异，莱译和蓝译的 Exact Sig. 为 0.049，有显著性差异，杨译和蓝译的 Exact Sig. 为 0.041，有显著性差异。这体现出翻译家对于国民性，即，愚昧、麻木、卑怯、自私、善良、勤劳、贪婪、冷酷的夹杂，在理解上，莱尔非常深刻，蓝诗玲次之，杨宪益则较弱。

2.2.4 周围人对待祥林嫂的态度评价

对待祥林嫂有评价的周围人有这样几类：四叔、四婶、卫老婆子、柳妈。他们对祥林嫂的态度出现于他们的话语或者思维之中，共五句，我们选看三句。

原文 1） 当她初到的时候，四叔虽然照例皱过眉，但鉴于向来雇用女工之难，也就并不大反对，只是暗暗地告诫四婶说，这种人虽然似乎很可怜，但是败坏风俗[判断]的，用她帮忙还可以，祭祀时候可用不着她沾手[隐含判断]，一切饭菜，只好自己做，否则，不干不净，祖宗是不吃的。

原文 2） "祥林嫂怎么这样了[隐含情感]？倒不如那时不留她。"四婶有时当面就这样说，似乎是警告她。

原文 3）卫老婆子高兴的说，"……可是祥林嫂真出格［判断］，……"

句编号	原文	杨译	莱译	蓝译
1）	败坏风俗	exerted a bad moral influence	have deleterious influence on the morals of society	would bring bad luck with her
	不着她沾手	must have nothing to do with ancestral sacrifices	must have absolutely nothing to do with the family sacrifice	mustn't touch anything to do with the sacrifices
2）	祥林嫂怎么这样了	What's come over Xianglin's Wife?	what's come over Sister Xianglin?	What's wrong with Xianglin's wife?
3）	真出格	extraordinary	topped 'em all	something else

第一句是四叔对祥林嫂的评价。在这句话里，三个译文在两个评价小项上存在差异。第一项"败坏风俗"，杨译 exerted a bad moral influence，语势高，分值为 3，莱译 have deleterious influence on the morals of society，语势高，分值为 3，蓝译 would bring bad luck with her，语势低，分值为 1。第二项"不着她沾手"，杨译 must have nothing to do with ancestral sacrifices，语势中，分值为 2，莱译 must have absolutely nothing to do with the family sacrifice，其中的 absolutely 使得语势最高，分值为 3，蓝译 mustn't touch anything to do with the sacrifices，语势中，分值为 2。

第二句是四婶对祥林嫂的评价。失夫丧子的祥林嫂不能再为鲁家干好活，四婶逐步厌烦起来。莱译和杨译都是 come over，语势中，分值

2；蓝译是 wrong，语势高，分值 3。

第三句是卫老婆子对祥林嫂的评价。对于"真出格"，杨译 extraordinary，语势中，分值为 2；莱译 topped 'em all，语势最高，分值 3；蓝译 something else，语势低，分值 1。

我们将周围人对祥林嫂态度的分值统计后发现，莱译 24 分，蓝译 19 分，杨译 18 分。Mann-Whitney U 统计表明，莱译和杨译的 Exact Sig.为 0.031，有显著性差异，莱译和蓝译的 Exact Sig.为 0.258，没有显著性差异，杨译和蓝译的 Exact Sig.为 0.730，没有显著性差异。

这说明在对待催逼祥林嫂死亡的直接凶手(鲁四老爷)、间接凶手(柳妈、卫老婆子、四婶等)的理解上，莱尔非常深刻，蓝诗玲、杨宪益则相比较弱。

2.2.5 总评

三个译文在情感总体评价上，有 56 个小项评价存在差异，统计分数为莱译 157 分，蓝译 119 分，杨译 118 分。Mann-Whitney U 统计表明，莱译和杨译的 Exact Sig.为 0.000，有显著性差异；莱译和蓝译的 Exact Sig.为 0.000；有显著性差异，杨译和蓝译的 Exact Sig.为 0.908，没有显著性差异。这说明，在整体译文上，莱译的情感融入大大高于杨译和蓝译，杨译和蓝译之间没有明显区别。

3 影响翻译家情感融入的因素：定性考察

翻译家的情感融入往往取决于他们的生活阅历、译者惯习和翻译理念。

3.1 移情体验与译者阅历

译者的移情体验受制约于他/她的学术关注点和生活经历，这二者决定了译者对主题的理解，对人物情感倾向性、社会裁约得体性的判断。

3.1.1　学术核心

《祝福》的主题在于批判封建礼教的吃人本质，和自私、冷漠的国民性。三位译者中，莱尔是研究鲁迅的专家，其专著《鲁迅的现实观》（Lyell，1976）就是由博士论文改写而成。在书中，他对鲁迅小说所反映的中国社会问题和各阶层人物进行了深入探讨，通过揭示人物的性格剖析了中国的国民性，比如鲁四老爷代表保守、冷酷、迷信（ibid：144），祥林嫂被大众认为不贞洁、肮脏、带来霉运（ibid：220），她深受压迫又毫无希望（ibid：223），而杀害祥林嫂的凶手是融贯了儒家道德和民间佛教的吃人社会（ibid：144）。再如他曾经将鲁迅小说中的知识分子分为三类：传统型、中间型、现代型。《祝福》中的叙事者（在莱尔看来他代表了鲁迅本人）是中间型知识分子，他们接受过旧式教育和现代西方教育，知道中国的疾病是什么，但是他们只是没有医药的诊病医生。面对现实，他们没有能力改变，对此他们苦甜交加、自我批评、满怀愧疚。（ibid：177-179）

杨宪益的译作除了鲁迅小说之外，还有《红楼梦》、史学、诗词、典籍、革命题材作品，翻译量达 1000 万字，其中很多是作为政治任务完成的，因此很难对某一部作品有特定深刻的研究。蓝诗玲是研究"中国学"的汉学家，其研究重心在于中国的文学、历史、现代化建设，翻译过 7 部中国小说。相比之下，莱尔的翻译和研究主要集中在鲁迅和老舍两位作家上，正因为他特定的研究功底，他对鲁迅小说的主题理解最为深刻，对小说中各型人物的情感体验最为浓烈。

3.1.2　生活经历

移情体验还取决于翻译家的生活经历。如祥林嫂初次露面，"头上扎着白头绳"，"白头绳"是祥林嫂丧夫后在服装上的标志，隐含有判断意义，属于社会裁约（social sanction）之下的得体性（propriety）。杨译为 mourning band，莱译为 white wool，蓝译为 whitecord。我们看到，这一意义只在杨译中体现出来，莱译和蓝译丧失了评价意义。这显然与两位西方翻译家的生活背景是有关系的。又如，柳妈讥笑祥林嫂从了第二个丈夫，说"总是你自己愿意"，"愿意"是情感（affect）下面的倾向性（inclination），杨译是 willing，莱译和蓝译都是 want。这体现在"性"的意识上，两位西方译者比中国译者阐释得更加主动。再如鲁四老爷因祥林嫂是寡妇再嫁而骂她"伤风败俗"，杨译和莱译都是从封建道德角度予以阐释，而蓝译为 would bring bad luck with her，显然不是从批判中国封建礼教方面理解的。

3.2　移情倾向与译者惯习（Habitus）

在表现隐性情感的时候，杨译倾向于同原文一致，将原文隐性的情感以隐性的方式表达。莱译和蓝译则倾向于化隐为显。比如四婶初见祥林嫂时觉得她"模样还周正"，杨译为 looked just the person，莱译为 quite presentable，蓝译为 good sturdy look，我们能看出，情感上两位西方译者比杨宪益更加外显，他们心中的祥林嫂比杨宪益的更健康、漂亮。

莱译和蓝译在化隐为显的风格上又完全不同，我们可以借用 Martin & White 评价理论中"基调"（key）和"站位"（stance）的概念作出区别。基调是对总体评价意义潜势的次选择，站位则是一个下位的概念，它是一个"分基调"，与特定的修辞目的以及作者的写作个性相关。（Martin & White，2005：164）在化隐为显的时候，两位译者都保留了原文同情、批判的基调，但是在站位上，蓝诗玲常常由悲凉、愤懑的站位转到反讽站位，而莱尔则保留并强化原文的站位。这样的例子在二者的译文中各有四处，我们各看一例。1）"（只觉得天地圣众歆享了牲醴和香烟，都醉醺醺的在空中蹒跚,)豫备给鲁镇的人们以无限的幸福。"蓝译为 preparing to bestow joy everlasting on the good burgers of Luzhen。其中 good 化隐为显,其反讽的味道更浓,但原文的压抑、悲愤之情则有所丧失。2)"(这时我已知道自己也还是完全一个愚人,什么踌躇,什么计画,)都挡不住三句问",莱译为 I had been unable to stand up to three questions posed by this simple woman,其中 simple 化隐为显,但是原文的站位完全没有改变,只是语势得以加强。

移情倾向是与译者的翻译惯习相关的。惯习是布尔迪厄社会学的一个重要概念,它是一个持续的、可转换的定势(disposition)系统,包括过去的经验,和一个由感觉、鉴赏、行为组成的矩阵体所引发的功能。(Bourdieu,1971:183)三位译者所处的翻译场域(field)不同,他们的翻译惯习也各自相异。

杨宪益先生一生命运多舛,经历抗战之乱、牢狱之灾、丧子之痛,终是"身陷囹圄死生轻"(杨宪益、文明国,2011:135),处世从容淡定(ibid:46)。在翻译的情感惯习上,他能保持内敛、克制、平静,除了对应原文的情感之外,很少有格外的个人情感融入。在莱尔方面,根据他的同事介绍,莱尔为人率真,从不做作,幽默风趣,富于想象,对生活和工作赋予极大的热情,教学、写作、翻译上追求至善至美。[1] 在翻译的情感惯习上,他富于想象,情感外显,对小说人物给予极大的同情。而蓝诗玲的惯习,根据笔者与她的通信交流[2],她说自己有一个不好的习惯,那就是对情境过分的戏剧化(比如该用 angry 的地方用 fury,该用 close the door 的地方用 slam),对副词和形容词也常常超额使用。而她最终的译作常常是由两位作家朋友修改,使其风格平缓下来(calmed the translation down stylistically)。我们注意到,虽然蓝诗玲的

---

① http://news. stanford. edu/news/2009/february25/william-lyell-memorial-resolution-022509.html.

② 将蓝诗玲与笔者的通信引用于此文,已征得她的同意,特致谢忱。

总分只是比杨宪益多 1 分，但是蓝译中有省略未译的，有因生活阅历而导致评价缺失的，有对鲁迅重复性语言自然化的。这些加起来蓝译就比杨译少了 7 分。此外，情感融入上她有高低起伏的表现，可能与作家朋友的修改有关系。

3.3　移情再制与译者理念

鲁迅语言的一个突出性特征是果戈理式的语言，包括重复句式、标记语序、冷峻幽默。而这些特征正是 Martin & White（2005）列举的词汇之外的重要的情感评价方式。翻译家对此处理，有着自己不同的理念。杨宪益曾说："翻译的时候不能作过多的解释。译者应尽量忠实于原文的形象，既不要夸张，也不要夹带任何别的东西。……过分强调创造性是不对的，因为这样一来，就不是在翻译，而是在改写文章了。"（杨宪益、文明国，2011：4-5）在翻译实践中，杨宪益总是运用对等于字面的词汇或结构去再制情感，很少会夸大表述。而莱尔则说："鲁迅与他的风格是不可分离的。我努力再现阅读原作的体验，……，方法之一是使用夸张的风格（inflated style）。"（Lyell，1990：xl）在他的翻译实践中，莱尔常常运用大于原文字面的情感去翻译。蓝诗玲曾评论说，"汉语和英语截然不同。在风格和用语上追求与鲁迅风格的对等一直是对我的挑战。他的一个让我经常停下来思考的写作习惯便是，经常、故意地重复。……将此重复准确地译出，在英语读者看来，既不舒服，又不高雅，所以有时候我会对此作一些变换"（Lovell，2009：xliv-xlv）。对待原文的变异、重复所表达的情感，蓝诗玲往往会进行自然化处理。

我们能看到，在翻译"内中一个破碗，空的"的时候，杨译和蓝译都是按照正常语序翻译为 empty bowl，但是莱尔译为 a broken bowl lay inside it—empty，表现出对这一反常化表述的深刻理解。又如"一见面是寒暄，寒暄之后说我'胖了'，说我'胖了'之后即大骂其新党"，之中不厌其烦的重复隐含了对鲁四老爷的反感，杨译和莱译都体现了出来，但是蓝译给予了净化，导致了情感意义的减弱。再如，在翻译"柳妈的打皱的脸也笑起来，使她蹙缩得像一个核桃"的时候，莱尔译为 the corners of her mouth go back so far that her deep wrinkles shrunk together and transformed her face into a walnut，杨译为 wrinkling up like a walnut-shell，蓝译为 puckering her face up like a walnut。莱译显然使用了夸张的手法，对人物的刻薄挖苦，在程度上超过了杨译和蓝译。

4　结　　语

本文分析了《祝福》三个译本对人物不同的情感赋值和态度评价，并循此探讨了影响翻译家情感融入的因素。翻译家因为自身阅历、译者惯习、翻译理念的不同，必然会导致移情体验、移情倾向、移情再制的差异，译文的情感赋值不可能、也没必要与原文保持一致，批评者不能根据译文情感赋值是否与原文相同而判断译文的艺术成就。最后，借用 Martin & White 的评价理论，批评者能够对情感问题进行定性和定量的分析，从而得出较为精确、客观的结论，为翻译批评开辟出一条新的可行路径。

◎ **参考文献**

[1]Bourdieu, P. Intellectual Field and Creative Project[A]. In M. K. D. Young (eds.) *Knowledge and Control：New Directions for the Sociology of Education* [C]. London：Collier Macmillan, 1971：161-188.

[2]Lovell, J. *The Real Story of Ah-Q and Other Tales of China. The Complete Fiction of Lu Xun*[Z]. London：Penguin Classics, 2009.

[3]Lyell, W. A. *Lu Xun's Vision of Reality*[M]. Berkeley：University of California Press, 1976.

［4］Lyell，W. A. *Diary of a Madman and Other Stories*［Z］. Honolulu：University of Hawaii Press，1990.

［5］Martin，J & P. R. White. *The Language of Evaluation*：*Appraisal in English*［M］. London／New York：Palgrave Macmillan，2005.

［6］Yang，Xianyi & Yang，Gladys. *Selected Stories of Lu Hsun*［Z］. Beijing：Foreign Languages Press，1960.

［7］刘宓庆. 翻译美学导论［M］. 北京：中国对外翻译出版公司，2005.

［8］钱宏. 运用评价理论解释"不忠实"的翻译现象［J］. 外国语，2007(6).

［9］苏艳. 目既往还 心亦吐纳——文学翻译中的审美情感移植［J］. 山东外语教学，2005(3).

［10］苏奕华. 翻译中的意义对等与态度差异［J］. 外语学刊，2008(5).

［11］杨宪益，文明国. 杨宪益对话集［M］. 北京：人民日报出版社，2011.

［12］余继英. 评价意义与译文意识形态——以《阿 Q 正传》英译为例［J］. 外语教学理论与实践，2010(2).

［13］于建平，岂丽涛. 用评价理论分析《好了歌》的英译［J］. 西安外国语大学学报，2007(2).

［14］张美芳. 语言的评价意义与译者的价值取向［J］. 外语与外语教学，2002(7).

［15］朱光潜. 谈翻译［A］. 罗新璋，陈应年. 翻译论集［C］. 北京：商务印书馆，1984.

第五章 译者介入、译者调节与译者克制

——《药》三个译本的文体学比较

1 引　　言

鲁迅小说至今为止已有 18 位中外学者翻译成英文在报纸杂志上发表或以书籍形式出版（杨坚定、孙鸿仁，2010），其中影响最大的是杨宪益、戴乃迭译本（Yang & Yang，1960）、莱尔译本（Lyell，1990）、蓝诗玲译本（Lovell，2009）三个小说的全译本。杨氏译本受到汉学家马悦然的高度评价（马悦然、欧阳江河，2006）；莱尔译本被《今日世界文学》赞为"准确而怡人"（Duke，1991：363），根据我们的调查，英美大学的中国现代文学或鲁迅研究课程，绝大多数都指定莱尔译本为教材；蓝诗玲译本被美国汉学家华志坚称为"可能是有史以来最为重要的企鹅经典"（Wasserstrom，2009）。三个译本的译者，杨宪益及其夫人戴乃迭是已故著名翻译家，也是著名的英国文学专家；威廉·莱尔（William A. Lyell）是已故美国汉学家，生前为斯坦福大学中文荣誉退休教授；蓝诗玲（Julia Lovell）是英国汉学家，现任教于伦敦大学伯克学院，翻译出版过多部中国现当代小说。

在研究三个译本之后，我们发现它们的风格迥然不同。为方便起见，本文选用《药》作为分析的对象。《药》是鲁迅写于 1919 年的作品，

通过华老栓购买人血馒头为儿子治病，和革命者夏瑜被反动派杀害两条线索，一明一暗地展开故事。这部作品寓意深刻，为麻木不仁的民众和脱离群众的革命者"开药"，是一部隐喻性和警示性很强的小说。

2　文体学翻译批评的分析对象

在文体学翻译批评领域，申丹最先论述了文体学于翻译批评的必要性，并从词汇（包括非逻辑性、不可靠性、冗余编码等变异形式以及译者客观性的保持）、句法（包括速度、凸显、过程模拟、假象连动、对小说现实的模仿和改写）以及言语和思维呈现方式（注重源语呈现方式的功能、区分作者叙述和人物话语）三个层次，考察译本和原本的文体对等（Shen，1995）。其高足方开瑞受热奈特对叙事话语进行时间、语式、语态三分（Genette，1980）的影响，主张考察译本对源本叙述时间和故事时间的处理方式、译本是否传递源本的叙述模式、译本是否传递源本中叙事者和受叙者之间的关系，结合叙事学和文体学进行小说翻译批评（方开瑞，2007）。

申丹及后续学者为翻译批评开拓了新的空间，但是他们的不足之处在于：第一，对于语言的张力层面考察不够，比如隐喻、语音、修辞等；第二，过分强调对原文语言变异的"文体对等"，没有考虑保持原文的文体学特征、是否有悖于译语的美学形态；第三，局限于译本内部，没有考察译本外部多元系统的力量对比，为使译本更顺畅地进入译语，译者对原本的文体学特征进行了保留、去除或中和（neutralize）等处理。

本文依托于 Leech & Short（2001）的文体学理论，考察了三个译文的语言形式、模拟现实、隐喻连贯。在语言形式层次，我们考察译文中的变异、张力；在模拟现实层次，我们考察真实性、视角、呈现顺序、描写重心以及个人语言（Leech & Short，2001：153-185）；在隐喻连贯层次，我们考察主题隐喻和意象隐喻。在此基础上，我们进一步探讨了三位译者的翻译理念，以及英语世界读者对这些译文的反应，从而揭示出译者所秉持的三种不同策略："译者介入""译者调节"和"译者克制"。

3　文体对比分析

3.1　语言形式

3.1.1　变异

变异是对语言常规的偏离。《药》译文中出现最多的变异在语法层次。

第一，在叙事时态上，杨宪益、戴乃迭译文（以下简称"杨译"）、蓝诗玲译文（以下简称"蓝译"）遵从小说常态，即用过去时叙述故事，而莱尔译文（以下简称"莱译"）运用现在时，这是对叙述常态的变异。在读者方面，一般的感觉是，将现在时作为叙事时态的好处是让读者与故事更接近，但缺点是不够自然；过去时作为叙事时态，虽然让读者与情节远离，但比较自然或常见。① 在译者方面，莱尔在导言中明确说出对《药》《长明灯》《示众》三篇小说选用现在时的原因：他在阅读原本的时候，并没有感到这是过去发生的事情。用过去时态翻译，无法得到阅读中文原本的体验；用现在时态翻译，虽然一二处略显牵强，但整体更好地反映了原文。（Lyell，1990：xli）

---

① 此观点由英国著名文体学家、伯明翰大学的 Michael Toolan 教授告知笔者，特致谢忱。英语中有少数小说为了加强读者真切的感受，使用现在时作为叙事时态，比如 Joyce Carol Oates 的 *Four Summers*。

第二，杨译和蓝译的叙事语言符合英语句子的常态，即简洁、流畅，读者的感受是"自动化"；而莱译常常违反英语的常态，如大量使用意合法、经常刻意重复，读者的感受是"陌生化"。如：

原文 1) (那人一只大手，向他摊着；一只手却撮着一个鲜红的馒头，那红的还是一点一点的往下滴。) 老栓慌忙摸出洋钱，抖抖的想交给他，却又不敢去接他的东西。

杨译：Hurriedly Old Chuan fumbled for his dollars, and trembling he was about to hand them over, but he dared not take the object.

莱译：Big-bolt hurriedly gropes for money. He trembles. He wants to give it to the man, but can't bring himself to touch the *mantou*.

蓝译：After groping for the silver, Shuan held it tremblingly out at him, recoiling from the object offered in return.

杨译、蓝译运用了英语常用的构句手段——形合法，复句、非谓语形式、独立结构等频繁使用，译文表意正确，行文轻盈流畅。莱译背离常规，使用意合法，一个接一个的独立单句。另外，tremble 一词在杨译中以分词出现，在蓝译中以副词出现，都表示伴随或背景动作；在莱译则以完整句子出现，这一动作得到强调，着意刻画人物紧张心理，使得文体效果更加独特。

原文 2) 华大妈在枕头底下掏了半天，掏出一包洋钱，交给老栓，老栓接了，抖抖的装入衣袋，又在外面按了两下；便点上灯笼，吹熄灯盏，走向里屋子去了。

杨译：After some fumbling under the pillow his wife produced a packet of silver dollars which she handed over. Old Chuan pocketed it nervously, patted his pocket twice, then lighting a paper lantern and blowing out the lamp went into the inner room.

莱译：Mother Hua fumbles around under the pillow, fishes out a bundle of money, and hands it to Bit-bolt. He takes it, packs it into his pocket with trembling hands, and then pats it a few times. He lights a large paper-shaded lantern, blows out the oil lamp, and walks toward the little room behind the shop.

蓝译：After an extended search beneath her pillow, Hua Dama handed a packet of silver dollars to the old man, who tucked it, with trembling hands, into his jacket pocket. Giving the bulge a couple of pats, he lit a paper lantern, blew out the lamp and went into the other room.

这段话包含两个主题：一是老栓夫妇交接钱时的忐忑不安；二是老栓临买药前去里屋看望儿子，一共有 9 个动作在其中。我们看到，莱译运用的是 9 个动作并列连动，全篇其他地方还有 8 处 3 至 4 个动作并列连动。根据我们对自己制作的英语连动句语料库分析：第一，连动结构多以分词加上主干动词的形式出现；第二，连动结构的动词数量多为 3 至 4 个，超过这一数目的不太多见。一方面，莱译采用这种结构是为了再造鲁迅风格；另一方面，9 个动作被给予同样的高光，心理速度因此放缓，旨在突出刻画人物的心理。相比之下，杨译、蓝译采用主干动词加上现在分词的常态结构，使得动作的主次意味非常明显，读者的心理运行速度较快，可读性很强。

3.1.2 张力

张力是新批评学派的退特(I. A. Richards)为诗歌批评而提出的概念，"诗的意义就是指它的张力，即我们在诗中所能发现的全部外展和内包的有机整体"(退特，2002：291)。其中，诗的外延是词典意义，内涵是暗示意义、情感色彩。新批评学派将张力这一概念引申，使之成为普遍规律，并认为它是文学区分于科学文体的特异性(赵毅衡，2009：59-60)。例如，奥康纳(O'Connor)将张力延展到 17 个方面，包括"诗歌节奏与言语节奏""散文特性与诗歌特性""特殊和一般、具体与抽象""隐喻的各个元素"等之间的张力(O'Connor，1943：555-556)。我们从语义张力和节奏张力两个方面来考察这一概念。

3.1.2.1　语义张力

语义张力表现为译者使用概念隐喻、语法隐喻、转移修辞、拟人、夸张以及其他的修辞手法，使得语言充满活力。

原文：里边的小屋子里，也发出一阵咳嗽。

杨译：And from the small inner room a fit of coughing was heard.

莱译：From the little room behind the shop comes the sound of coughing.

蓝译：A coughing fit erupted inside the small back room.

对于"发出一阵咳嗽"，杨译和莱译都选用普通、平实的词语，而蓝译的 erupt 是隐喻，语义的张力更大，读者的审美感受更强烈。蓝译区别于杨译、莱译的一个重要特征是，大量使用隐喻和修辞格，语言生动，充满现代英语的活力。

3.1.2.2　节奏张力

节奏张力是指译者刻意变化句子的长度，控制行文的急缓，从而达到悬念、紧张、欣畅、悲沉等心理效果。

原文 1）（老栓又吃一惊，睁眼看时，几个人从他面前过去了。一个还回头看他，样子不甚分明，但很像久饿的人见了食物一般，眼里闪出一种攫取的光。）老栓看看灯笼，已经熄了。按一按衣袋，硬硬的还在。

杨译：Looking at his lantern, Old Chuan saw it had gone out. He patted his pocket—the hard packet was still there.

莱译：Big-bolt glances at his lantern. It is already out. He pats his clothing. Bulging and hard, the money is still there.

蓝译：Shuan glanced at the lantern; it had gone out. He patted his pocket again, to check for the robust presence of the silver.

此段渲染的是老栓接近刑场时的恐怖气氛。灯笼熄灭——老栓惊惶——下意识摸钱，这些是在极短的时间内完成的。"看看灯笼，已经熄了"一句，杨译的心理发展是 looking—saw，有知觉、领悟过程，情节性较强；莱译只有知觉、没有领悟：在 glances 之后反应迸发而出，更好地表现了老栓惊恐的心情；蓝译也是只有知觉、没有领悟，但是蓝译的标点符号与莱译不同：莱译是句号，蓝译是分号。句号有着最强的分割功能，它强调每一信息自治，并承载最大力量（Leech & Short，2001：217），因而莱译的心理撞击力量是最大的。

"按按衣袋，硬硬的还在"一句，告诉读者此时人物的心理重心已经转移到钱上来，节奏上也稍微舒缓。杨译用破折号使"按衣袋"自然过渡到"摸到钱"，莱译从触觉（Bulging and hard）过渡到"钱"本身，都恰好反映了这一心理变化，读者的感觉是事件直接再现，人物自我演出，其叙事方式是"展现"（showing）（谭君强，2008：216）。蓝译在两个动作 pat 和 check 之间用逗号隔开，后半部分的不定式 to check 补充说明前半部分主干动词 pat 的目的，因此读者感觉 pat 的目的就不是那样急迫了。蓝译的叙事方式偏于"讲述（telling）"（ibid），有叙事者控制的加入，心理速度节奏上失于缓慢，节奏张力不足。

原文 2)（老栓也向那边看，却只见一堆人的后背；）颈项都伸得很长，仿佛许多鸭，被无形的手捏住了的，向上提着。静了一会，似乎有点声音，便又动摇起来……

杨译：Craning their necks as far as they could go, they looked like so many ducks, held and lifted by some invisible hand. For a moment all was still; then a sound was heard, and a stir swept through the onlookers.

莱译：Their necks are stretched out long, like ducks whose heads have been grabbed and pulled upward by an invisible hand. All is silence. Then there is a slight sound, and then once more all is motion.

蓝译：...as if they were so many ducks, their heads stretched upwards by an invisible puppeteer. A moment's silence, a slight noise, then they regained the power of motion.

此段的悬念在于"静了一会"，我们可以推测，这正是夏瑜被杀的时候，因此应该是最为紧张的时候。三个译本首先都用了长句对背景做了铺垫，跟下来都突转为短句或短语。杨译对应于原文结构，使用了六个词 For a moment all was still，标点为分号；莱译只用了三个词 All is silence，标点为句号。莱译每个字的力度是杨译的两倍。蓝译使用了一个短语 A moment's silence，与后面的 a slight noise 并列，两个短语后面都是逗号，因而节奏失于缓慢，张力受到削弱。

3.2　模拟现实

小说世界是对真实世界的摹写，作为对真实世界的"二级象征"（Leech & Short，2001：185），它与真实世界既有同构之处，又有异构之处。现实主义小说的模拟现实，会涉及相似性、可信性、真实性、客观性、生动性五个方面的特征，同时，细节详细程度、视角、呈现顺序、描写重心等因素，又成为构建模拟现实的重要技巧（ibid：150-185）。下面我们从真实性、视角、呈现顺序、描写重心、个人语言五个方面考察三个译本的模拟现实世界。

3.2.1　真实性

真实性是现实主义小说的基础，其细节的象征意义、逻辑的合理性都影响到读者对模拟现实的接受和认可。

原文：老栓走到家，店面早经收拾干净，一排一排的茶桌，滑溜溜的发光。

杨译：When Old Chuan reached home, the shop had been cleaned, and the rows of tea-tables were shining brightly...

莱译：Big-bolt arrives home. The wooden flats that cover the front of the shop at night have long been taken down. Row upon row, tea tables glimmer in the morning light.

蓝译：By the time Shuan returned home, the main room at the teahouse had been cleaned and tidied, its row of tables polished to an almost slippery shine.

老栓买完药，天亮回到家中，发现店面已经"收拾干净"。杨译和蓝都遵照字面译释为"打扫干净"；莱译则不辞周折，真实地描述了一个中国老店铺的形象：店面是由一条条可拆卸的木板构成的。这体现出更多的译者介入。

3.2.2　视角

小说通过叙事者的全知视角有选择地保留或给出信息，或者通过人物的有限视角来反映他/她对世界的感觉和认知。全知视角往往暗含着对人物的隐蔽评论，人物视角则能揭示人物的思想方式（mind style）。

原文：灯光照着他的两脚，一前一后的走。

杨译：The lantern light fell on his pacing feet.

莱译：The light of the lantern shines upon his feet as they move forward one after the other.

蓝译：The lantern cast its light over his feet, illuminating their progress—one step after another.

老栓出门买药，急不可待。三个译文都取全知视角。杨译的 pacing feet 表意准确，简洁传神，视角焦点在"pacing"；莱译的视角焦点在"两脚"（they），将双脚作为行为的启动者，更突出地表现了老栓的迫切：这种"施事者转移"（agent-shift）通过身体部件自主行动，暗示人物的意志控制降低（Ryder，2008：266），仿佛双脚早就知道自己的使命。另外，心理学中的知觉选择性告诉我们，运动的、强度大的物体通常被感知为图形，静止的、强度小的物体通常被感知为背景(孟昭兰，1994：126)。在这肃静的夜里，只有老栓的双脚在运动，莱译将此作为主题高光突出，具有很强的艺术感染力。蓝译的视角聚焦也在"两脚"(their progress)，但是与莱译不同的是，它是动词的宾语，是受动者，又含在独立结构之内，因此其聚焦力量就比莱译弱了许多。

3.2.3 呈现顺序

小说的呈现顺序包括时间顺序(由先到后)、心理顺序(心理接近)、表述顺序(从最少背景信息到最多背景信息)。合理的呈现顺序有助于读者建立起"暂时世界"，并逐步累积成模拟现实(Leech & Short，2001：176-180)。

原文：(一个浑身黑色的人，站在老栓面前，眼光正像两把刀，刺得老栓缩小了一半。)那人一只大手，向他摊着；一只手却撮着一个鲜红的馒头，那红的还是一点一点的往下滴。

杨译：This man was thrusting one huge extended hand toward him, while in the other he held a roll of steamed bread, from which crimson drops were dripping to the ground.

莱译：The man extends a large open palm. In the other hand he holds a bright red *mantou*, its color drip-drip-dripping to the ground.

蓝译：One enormous hand was thrust out, opened, before him; the other held, between finger and thumb, a crimson steamed bun, dripping red.

我们可以看到，原文在引出黑衣人之后，老栓依次看到的是他的眼光、一只手、另一只手，这是作者特意表现老栓惊恐的手段。译文在呈现完黑衣人眼光再呈现手的时候，杨译和莱译都是以 man 作为主语，其心理顺序是从人到手；蓝译则是以 hand 作为主语，隐去人物，直接进入手，这样一个心理顺序在表达人物惊魂未定的效果上，稍胜一筹。

3.2.4　描写重心

作家在构建模拟现实世界时，描写重心会有所侧重：有具体属性描写和抽象属性描写之分，也有主观感受描写和客观事象描写之分，其中隐含着作者与人物在心理上的接近或疏离（Leech & Short，2001：180-185）。

原文：他的旁边，一面立着他的父亲，一面立着他的母亲，两人的眼光，都仿佛要在他身上注进什么又要取出什么似的；……

杨译：His father and mother were standing one on each side of him, their eyes apparently pouring something into him and at the same time extracting something.

莱译：His father stands on one side, his mother on the other. They look at their son as though hoping to infuse one thing into his body and take out another.

蓝译：His parents stood to either side, watching, an odd gleam to their eyes-as if they wanted to pour something into him, and take something out in return.

小栓服下人血馒头，老栓夫妇感觉像是给儿子注入了新的生命。杨译的 apparently 使之成为客观描写，更多体现的是老栓夫妇的爱子之情；莱译的 as though 和 hope，蓝译的 as if 和 want，将老栓的主观期望清楚交代，人物意识和叙事声音分离，流露出隐含作者在旁观愚昧、麻木的人物时的痛心之情。

3.2.5　个人语言

个人语言是指人物因身份、性格、情境不同而表现出的不同言语特征。在翻译个人语言时，译者除了考虑语境因素之外，还要根据自己的价值观和翻译理念来选择翻译策略。比如，译者是选择在译语中再造源语的言语特色，还是偏向译语的语感节奏、惯用习语，乃至偷偷借用译语典故？

原文："这是包好！这是与众不同的。你想，趁热的拿来，趁热的吃下。"横肉的人只是嚷。

杨译："This is a guaranteed cure! Not like other things!" declared the heavy-jowled man. "Just think, brought back warm, and eaten warm!"

莱译："A guaranteed cure! Completely different from anything else you could possibly give him. Just think, you brought it home while it was still warm and he ate it while it was still warm." Beefy-face keeps talking at the top of his voice.

蓝译：'He'll be better before you know it! Guaranteed!' the fleshy face blustered on. 'A miracle cure! Right? Get it hot, eat it hot.'

刽子手康大叔刚出场，便急着炫耀自己的"施惠"。杨译简洁流畅；莱译虽然释意准确，但是译文冗长，失于迟滞、拖沓；蓝译最为生动、可读，她抛弃了原文的字面结构，以惯用习语 before you know it 替译"这是与众不同的"，以 A miracle cure! Right? 替译"你想"，而 Get it hot, eat it hot 行文快捷，结构对称，符合口语特征，且与原文形成呼应。刽子手的自负、得意、张扬因此跃然纸上。蓝译虽与原文字面有些不同，但是"主要精神、具体事实、意境气氛"基本相同，这正是金隄所推崇的等效翻译(金隄，1998：40)。

在全篇的对话中，杨译没有使用英语惯用习语，莱译使用了三个，蓝译使用了七个，这也体现出译者对接受者审美期待的考量。总的说来，在对话翻译上，蓝译偏向于借用英语的"等功能语言体"，杨译偏向与原文形式对应，莱译则介于中间，有时追求与原文对应，有时借用英语的"等功能语言体"。

人物语言要达到神肖美的境界，一是人物语言要切合人物的经历、教养、社会地位、性格特点，二是要表现人物特定情境下的心理状态，三是每个人物应有自己独特的表达方式和不同的音容笑貌（李荣启，2005：180），此外还要与文本接受者的期待视野和审美需求相关联（ibid：335）。在这些方面，蓝译做得最佳，莱译和杨译则次之。

另外一个需要我们注意的问题是，莱译特意让康大叔的语言偏离标准语言，这不仅体现在拼写、发音上，如 tellin'、gotta、kinda，也表现在译者为他所选的词汇上，如 piss off、stuff，还有其他地方出现的 punk、faze 等俚语词。人物独特语言的出现，可以增加真实性，更暗示了作者对人物的疏远或有意羞辱（Leech & Short，2001：170），这体现出莱译更多的意识形态介入。

3.3　隐喻连贯

根据雅各布森（2002）的观点，转喻手法支配了现实主义作品，而隐喻手法则在浪漫主义和象征主义作品中占据优势，它的意义隐含在字里行间，需要读者体会。对于普通文学作品，句之间的连贯是文体分析重要的对象（Leech & Short，2001：90），对于隐喻性作品，意象隐喻与主题隐喻是否恰当突出，意象隐喻是否指向主题隐喻，它们之间是否连贯，也构成了文体重要的区别性特征。而译者对它们的注意和保留，则反映了译者为传达原作者意图而介入的意识和程度。

3.3.1　主题隐喻

《药》的主题隐喻是，治人病的药喻治国病的药；华、夏两家的悲剧喻中国的悲剧。三个译本对于第一主题隐喻都完好地传达；但对于第二主题隐喻，杨译丧失，莱译全部保留，蓝译则是部分保留。《药》中的名字是有寓意的，对此，杨译只用音译，没有注释；莱译对小栓（祈福寓意）、华夏二姓（华+夏=中国）、夏瑜（夏瑜=秋瑾）分别做了脚注；蓝译对华夏二姓做了一处脚注。

3.3.2　意象隐喻

《药》中的意象隐喻主要包括馒头(喻生命和死亡)；坟茔(喻为药者和服药者的共同悲剧)；花环和小花(喻对革命者同情)；乌鸦(喻警示者)。对于这些主要的意象隐喻，三个译本大多按照原文忠实地保留，但是在另一些细节意象上，三个译本存在着差异。

原文：太阳也出来了；在他面前，显出一条大道，直到他家中，后面也照见丁字街头破匾上"古□亭口"这四个黯淡的金字。

杨译：The sun too had risen; lightening up the broad highway before him, which led straight home, and the worn tablet behind him at the cross-road with its faded gold inscription: "Ancient Pavilion."

莱译：The sun comes out, too. Before him it reveals a broad road that leads straight to his home; behind him it shines upon the four faded gold characters marking the broken plaque at the intersection: OLD ＊ ＊ ＊ PAVI ON ＊ ＊ ＊ ROAD ＊ ＊ ＊ INTER CTION.

蓝译：The sun was now fully risen, painting in light the road home, and the faded gold characters of a battered old plaque at the junction behind: 'Crossing of the Ancient-Pavilion'.

这是老栓拿到人血馒头后开始回家的情景，它的意象有两层隐喻意义：一是民众的无知，二是革命者的无助。因此，作者通过"前面的大道"和"后面的破匾"形成了鲜明的对比。三个译文的语言都非常流畅，但就译者介入的程度而言，莱译最为显著：before 和 behind 分别放在两个分句首形成强烈对比，暗叹了老栓的愚昧，夏瑜鲜血的白流；杨译和蓝译没有刻意对比，他们的译者介入较弱。顺便提一下，对于破败的"古轩亭口"四个字，莱译的真实性也是最强的。

4　翻译理念与读者反应

　　翻译家的语言行为和取向总是受制于他们的翻译理念。杨宪益曾说："翻译的时候不能作过多的解释。译者应尽量忠实于原文的形象，既不要夸张，也不要夹带任何别的东西。……过分强调创造性是不对的，因为这样一来，就不是在翻译，而是在改写文章了。"（杨宪益，2011：4-5）杨先生的"忠实"原则使他的翻译作品以准确著称。内容上他避免增减，形式上其译文也是双语对应程度最高的。总体上，西方读者对杨氏译文的评价是很高的，但在褒扬之外还是有一些批评之声，如《小说：虚构故事论坛》上载文评论，"译文整体上流畅，可读性强，但是鲁迅的风格被平淡化了"（Chan，1975：271）；《今日世界文学》载文评论，"在莱尔译本出现以前的三十多年，不懈努力的杨氏夫妇的译本，是向西方介绍鲁迅的主要文献，……它的英语有时候刻板、不自然（stilted）"（Duke，1991：363）；蓝诗玲在与笔者的通信中称①，"我高度评价杨氏翻译的鲁迅作品。在需要的地方，他们的语言能够做到典雅、悲伤、幽默，遗憾的是，他们的译文是五十多年前出版的，语言有些陈旧，用当代英语重译是非常必要的"。

　　莱尔在《导言·关于翻译》中说："鲁迅与他的风格是不可分离的。我努力再现阅读原作的体验，……，方法之一是使用夸张的风格（inflated style）。"同时他也承认，"汉语和英语是两种完全不同的语言，对一种语言的过分依贴，意味着在另一语言中出错。"一方面莱尔"经常问自己，如果鲁迅的母语是美国英语，他的言语方式又该是怎样"，另一方面他又要"赢得尽可能多的读者"（Lyell，1990：xl-xlii）。正因

----

　　①　将蓝诗玲与笔者的通信内容引入此文，已征得她的同意，特致谢忱。

为莱尔注重鲁迅风格的再塑，他的语言充满了很多特立独行的表达方式，并且也是能为英语读者所理解、体会的。我们来看读者反应："他的译文既适合于专家读者又适合于普通读者，它忠实于原文的精神，用美国口语以一种特别方式，展现了浓郁的果戈里风味和独异的鲁迅风格"（Chung，1992：169），"没有一个译本像莱尔译本那样，不仅关注意义正确，也关注准确地再现鲁迅风格中辛辣的智慧，对语言创造性的使用，和对所创造形象的深入刻画"（Kowallis，1994：283）。蓝诗玲在与笔者的通信中说，"我非常钦佩莱尔在再现鲁迅独特语言时所做的努力，这也是最难译的部分，但是，莱尔富于想象力的译文有时却不尽流畅"。

我们再看蓝诗玲的翻译理念。在《致谢》中，蓝诗玲特别感谢了杨氏夫妇译文和莱尔译文对她的帮助，她对两个译本的语言和文体风格是非常清楚的。她的处理方式，一方面是出于文本内因素——流畅性的需求，另一方面是基于文本外因素——普通英语读者的审美期待。在《导言·翻译絮语》中她明言，她所追求的是"对原作阅读经验忠实的再创造"。同时她也指出，"汉语和英语截然不同。在风格和用语上追求与鲁迅风格的对等一直是对我的挑战。他的一个让我经常停下来思考的写作习惯便是，经常、故意地重复。……将此重复准确地译出，在英语读者看来，既不舒服，又不高雅，所以有时候我会对此做一些变换"（Lovell，2009：xliv-xlv）。在原作和读者两端，蓝诗玲希望都照顾到，但是在难以兼顾的时候，她的重心就会偏向读者，她说，"我的总体基本原则是忠实于原文；但是在不可调和的地方，过分的忠实只会牺牲英语的流畅"（Abrahamsen，2009）。汉学家华志坚评论，"它肯定是最为清晰易懂的译本，在汉语以外的世界，蓝诗玲竭己所能为鲁迅赢得了声誉"（Wasserstrom，2009）。著名作家、史学家弗朗斯·伍德评论，"在将鲁迅充满激情、智慧、怀旧和感伤的作品成功地介绍给将是更大英语读者群的时候，蓝诗玲和企鹅出版社作出了极大的努力。蓝诗玲的介绍是卓越的"(Wood，2010)。

5　统计与结论

我们将《药》三个译本的文体特征统计列表 5-1：

表 5-1　《药》三个译文的文体特征统计表

	译者介入						译者调节				
	变异	真实性	描写重心	偏离标言	主题隐喻	意象隐喻	语义张力	节奏张力	视角	呈现顺序	个人语言
杨译	0	0	0	0	0	1	21	2	0	0	2
莱译	7	3	2	11	3	4	27	2	2	1	10
蓝译	0	0	1	0	1	2	37	0	1	1	16

表 5-1 中，"译者介入"是指为了更好地再现作者的写作风格和隐喻主题，译者自外而内对译文进行文体处理，比如刻意制造变异、让隐含作者与人物分离(描写重心)、显化隐喻主题、让人物对话偏离标准语言(在上表中缩写为"偏离标言")等。"译者调节"是指，译者根据英语的美学取向在文本内部对译文进行的文体处理，比如通过语义张力、惯用习语、呈现顺序、个人语言等，增加语言的生动和活力。另外，"真实性""视角""节奏张力""呈现顺序"四项是通过比较三个译本而得出的相对值，比如在"真实性"上，莱译有三处对事物给予细致刻画，真实度超过杨译和蓝译。其余八项都是绝对值，比如在"个人语言"上，杨译有两处非常精彩(本文的"精彩"指恰好地借用惯用习语或地道言语方式)，莱译有十处，蓝译有十六处。"主题隐喻"和"意象隐喻"的统计，排除了按照原文直译就能传达的隐喻。

上面的统计说明：第一，就译者介入而言，莱译是最大的：通过变异营造"英语中的鲁迅风格"，通过真实性着力复现小说的社会背景，通过描写重心表现隐含作者对人物的态度，通过主题隐喻和意象隐喻再现国民病疾的主旨，通过偏离标准语言表现对人物的羞辱。但是，刻意在英语中再塑鲁迅的语言风格，在一定程度上损伤了流畅性。莱译学术性、隐喻性最强，更为中国文学或鲁迅思想研究者所接受。第二，就译者调节而言，蓝译是最大的：通过使用概念隐喻、语法隐喻、转移修辞法和其他修辞格，使得叙事语言生动活泼，语义充满张力，读者乐于接受。通过运用惯用习语和地道英式话语方式，使得对话语言非常符合人物的性格和身份，读者能相应对人物产生同情或反感，并产生语言的认同感。其不足是，叙事方式、节奏张力有时受损，鲁迅语言的独特风格被平淡化了。蓝译的大众性、娱乐性最强，更为普通英语读者接受。第三，就译者克制而言，杨译是最大的：它准确朴实，简洁流畅，叙事快捷，生动形象。因其主张忠实，内容上避免增减，形式上力使两种语言对应。其不足在于，语言在生动、张力上稍逊，同时，因缺乏一些必要的脚注解释，原文的主题性、隐喻性在一定程度上受损。第四，在这三个译本中，莱译是迄今为止接受程度最高的（蓝译问世才三年时间）。杨译和蓝译是与"不断标准化法则"，即"翻译的地位越处于系统边缘，译文会越向译语的既定模式和固有规范调整"（Toury，2001：271），相符的，但是莱译则与之不符。这说明，源语文学的经典性、人文性，与译本的独特艺术性相结合，同样可以使得译本进入到译语系统的中心来。

◎ 参考文献

[1] Abrahamsen，E. *Interview*：*Julia Lovell*［EB/OL］. http：//paper-republic. org/ericabrahamsen/interview-julia-lovell/［2009-11-10］.

[2] Chan, M. Chinese Wasteland: Review of *Silent China* [J]. *Novel: Forum on Fiction*, 1975, 8(3): 268-272.

[3] Chung, H. Review of *Diary of a Madman and Other Stories* [J]. *Bulletin of the School of Oriental and African Studies, University of London*, 1992, 55 (1): 160-170.

[4] Duke, M., S. Review of *Diary of a Madman and Other Stories* [J]. *World Literature Today*, 1991, 65(2): 363.

[5] Genette, G. *Narrative Discourse* [M]. New York: Cornell University Press, 1980.

[6] Kowallis, J. Review of *Diary of a Madman and Other Stories* [J]. *The China Quarterly*, 1994, 137(1): 283-284.

[7] Leech, G. & M. Short. *Style in Fiction: A Linguistic Introduction to English Fictional Prose* [M]. 北京: 外语教学与研究出版社, 2001.

[8] Lovell, J. *The Real Story of Ah-Q and Other Tales of China. The Complete Fiction of Lu Xun* [M]. London: Penguin Classics, 2009.

[9] Lyell, W. A. *Diary of a Madman and Other Stories* [M]. Honolulu: University of Hawaii Press, 1990.

[10] O'Connor, W. V. Tension and Structure of Poetry [J]. *The Sewanee Review*, 1943, 51(4): 555-573.

[11] Ryder, M. E. Smoke and Mirror: Event Patterns in the Discourse Structure of a Romance Novel [C]. 申丹. 西方文体学的新进展. 上海: 上海外语教育出版社, 2008: 256-272.

[12] Shen, D. *Literary Stylistics and Fictional Translation* [M]. Beijing: Peking University Press, 1995.

[13] Toury, G. *Descriptive Translation and Beyond* [M]. Shanghai: Shanghai Foreign Language Education Press, 2001.

[14] Wasserstrom, J. China's Orwell [N]. [2009-12-07]. *Time*.

[15] Wood, F. Lu Xun-The Real Story of Ah-Q and Other Tales of China — The complete fiction of Lu Xun [N]. [2010-1-22]. *The Times Literary Supplement*.

[16] Yang, Xianyi & Yang, Gladys. *Selected Stories of Lu Hsun*. [M]. Beijing:

Foreign Languages Press，1960.

[17]方开瑞. 叙述学和文体学在小说翻译研究中的应用[J]. 中国翻译，2007(4)：58-61.

[18]金隄. 等效翻译探索[M]. 北京：中国对外翻译出版公司，1998.

[19]李荣启. 文学语言学[M]. 北京：人民出版社，2005.

[20]马悦然，欧阳江河. 我的心在先秦[J]. 读书，2006(7)：3-13.

[21]孟昭兰. 普通心理学[M]. 北京：北京大学出版社，1994.

[22]谭君强. 叙事学导论[M]. 北京：高等教育出版社，2008.

[23]朱立元，李钧. 退特. 论诗的张力[C]. 二十世纪西方文论选(上卷). 北京：高等教育出版社，2002：286-293.

[24]朱立元，李钧. 雅各布森. 隐喻和转喻的两极[C]. 二十世纪西方文论选(上卷). 北京：高等教育出版社，2002：192-196.

[25]杨坚定，孙鸿仁. 鲁迅小说英译版本综述[J]. 鲁迅研究月刊，2010(4)：49-52.

[26]杨宪益. 杨宪益对话集[M]. 北京：人民日报出版社，2011.

[27]赵毅衡. 重访新批评[M]. 天津：百花文艺出版社，2009.

第六章 《风波》三个译本的叙事翻译批评

1 引　言

　　与翻译相比，翻译批评的历史是短暂的。总体上，它经历了这样一些发展阶段。第一，随机式、点评式、感悟式的批评；第二，以翻译学理论，即等值论、等效论、目的论为指导，判断译文是否忠实于原文意义或满足客户需求的批评；第三，以对比语言学为指导，判断句式、语义是否正确的批评；第四，以功能语言学为指导，判断译文三大元功能是否实现的批评；第五，借用语料库语言学、计量语言学，分析译文语言宏观特征的批评；第六，借用认知语言学分析译者在认知、识解方面正误，或跨文化、跨心理改动的批评；第七，运用批评话语分析考察译者和译文在意识形态方面倾向的批评；第八，运用社会—文化理论，对译文在译语中的社会—文化功能进行考察的批评；第九，运用叙事学、文体学对文学作品的诗学特征进行考察的批评。前面三种批评模式属于传统的翻译批评。近年来，随着学界对相邻学科认识不断加深，后面六种批评模式也逐渐发展。本文旨在用叙事学翻译批评理论，以《风波》的三个权威译本作为考察对象，对鲁迅小说英译作全方位的叙事批评。

2 文 献 综 述

叙事学萌芽于俄国形式主义，形成于法国的结构主义，而后在英美学术界得到巨大的发展。法国叙事学家热奈特（Gérard Genette）从叙事顺序（顺序、倒叙、插叙等）、时距（等叙、概说、省略等）、频率（单一说、重复说等）、语式（直/间接引语、聚焦等）、语态（叙述者、叙述时间等）五个方面建构了叙事学体系（Genette，1980）。美国叙事学家布斯（Wayne Booth）从亚里士多德诗学出发，强调叙事过程中伦理的介入，并首次提出隐含作者、不可靠叙述、叙事距离等思想（Booth，1983），对后世叙事学产生重大影响。以色列叙事学家里蒙-凯南（Shlomith Rimmon-Kenan）讨论了故事（包括事件和人物）、文本（包括时间、人物描写、聚焦）、叙述（包括层次、声音、话语呈现）以及文本与读者的关系（Rimmon-Kenan，2002）。荷兰叙事学家巴尔（Mieke Bal）将叙事按文本、故事、素材三分，在文本方面讨论了叙述者、描写、叙述层次；在故事层面讨论了叙述顺序、节奏、频率、聚焦；在素材方面讨论了行为者、时间、场所（Bal，2017）。申丹（2019）阐述了故事/话语二分法、故事层的情节观、功能性与心理性互补的人物观、视角的三分、话语/思想呈现方式的功能。叙事学历经中外叙事学家的传承发展，已经成为一个成熟的学科。

在叙事翻译批评中，申丹讨论了《红楼梦》翻译中根据情境将直接思想变为间接思想的恰当性（申丹，2019：297-298）。申丹还指出隐性叙事进程与翻译批评的关系：译者如果忽视隐性叙事，便会损伤隐性叙事动力、削弱人物的心理准确性（Shen，2023：63-75）。王峰、姚远飞（2021）分析 The House on Mango Street 两个译文对不可靠叙述分别做保留和"去陌生化"，主张通过保留陌生化再现原作的叙事主题。宋悦、孙会军(2020)分析了白亚仁译《在细雨中呼喊》时，因改变叙事时间、叙事视角、叙事距离，而导致叙事效果的削弱。王树槐（2023）从叙事视角、话语呈现方式、讲述vs.展示、叙事时间、不可靠叙述、叙事距离、叙事空间、隐含作者、元叙事、易读性与可读性、叙事结构、叙事功能12个元素构建了翻译批评的叙事批评模式。

我们看到，叙事学能为小说翻译批评提供巨大的研究空间，将它跨学科移植，不仅能让翻译批评走出经验式的窠臼，也能发现在常规翻译批评中难以发现的问题。

3 理 论 基 础

本文以王树槐（2023）翻译批评的叙事模式为理论基础，以鲁迅小说《风波》的翻译作为研究对象，采用"规定+辩证"的灵活方法进行批评，即如果某一叙事元素是核心元素，我们按照规定性思路进行翻译批评，考察译者是否遵从、复现，否则便出现叙事上的错误；如果某一叙事元素是非核心叙事元素，译者作了更改，那么译文的效果和功能是什么？译者改动的原因是什么？

4 《风波》翻译的叙事学批评

《风波》是鲁迅1920年创作的小说，描写了辛亥革命到张勋复辟这段时间，江南农村围绕辫子是剪或留而闹出的一场风波。小说中的七斤、七斤嫂、九斤老太、八一嫂等村民，都是愚昧、保守、狭隘的人物；赵七爷则是不学无术、幻想复辟的旧派乡绅。本文选取杨宪益与戴乃迭(以下简称杨译)、威廉·莱尔（William Lyell）译文（以下简称莱译)、蓝诗玲(Julia Lovell)译文(以下简称蓝译)做叙事学批评分析。

4.1 叙事空间(Narrative Space)

Zoran(1984)将叙事空间划分为空间单元(spatial units)、空间复合体(spatial complex)、整体空间(total space)，前者最小，后者最大。他指出空间有前景突出 vs. 背景隐弱、静态 vs. 动态的性质差异。此外，读者还可能会对叙事空间加入自己的理解，构成空间不定点的"具体化"。翻译批评中我们考察：①译者对空间单元的切分是否合理？②译者对前景 vs. 背景、静态 vs. 动态的性质区分是否准确？③空间单元如果存在因果、先后等关系，译文是否正确表现？

原文：(临河的土场上，太阳渐渐的收了他通黄的光线了。场边靠河的乌桕树叶，干巴巴的才喘过气来，几个花脚蚊子在下面哼着飞舞。)面河的农家的烟突里，逐渐减少了炊烟，女人孩子们都在自己门口的土场上泼些水，放下小桌子和矮凳；人知道，这已经是晚饭时候了。

杨译：…Less smoke was coming from the kitchen chimneys of the peasants' houses along the river, as women and children sprinkled water on the ground before their doors and brought out little tables and stools. You could tell it was time for the evening meal.

莱译：…The smoke that had been rising from the chimneys of the peasant homes facing the water gradually began to thin out. Women and children appeared in doorways and sprinkled water on the threshing ground just outside. Small tables and low stools were carried out and set down on the dampened earth. Suppertime had arrived.

蓝译：…As the clouds of cooking smoke spiralling from chimneys along the river faded, women and children splashed water on to the ground beyond their own doors, and set out small tables and stools. It was time for dinner.

小说开首包括四个叙事空间：土场高空（阳光）；乌桕树（树叶与蚊子）；烟突（炊烟）；土场表面（女人子泼水、摆桌凳）。三个译文在后面两个空间单元的切分上有区别。莱译将炊烟主题做一个空间单元，将土场上女人孩子泼水做一个单元，摆桌凳作另一个单元，他更多的是想再现"田园景象"，也是为了再现鲁迅果戈里式语言风格，on the dampened earth 是译者填充的不定点。杨译和蓝译都是将炊烟主题和女人孩子主题合并为一个单元，但他们的重心有所不同。杨译的重心在 Less smoke was coming，后面的 as women and children 至多只是一个陪伴或者对比的空间单元；蓝译 As… smoke… faded，women and children… 清晰地表现了空间单元之间的因果关系和先后关系（炊烟少了——饭熟了——女人孩子泼水摆桌凳）。

顺便提一下的是，最后一句"人知道，这已经是晚饭时候了"，杨译对应原文译为 You could tell…，而莱译和蓝译都省译"人知道"，都用一个短句点明"晚饭时候"，让读者直接从感知到领悟，这更符合英语的叙事规范。

4.2　叙事时间（Narrative Time）

热奈特从三个方面论述叙事时间。第一，时间倒错，包括预叙和倒叙。第二，时长，包括概说、停顿、省略、场景（话语与故事等长）。第三，频率，包括单一叙述、重复叙述、概括叙述（Genette，1980）。此外，申丹提出的双重叙事（Shen，2023），会在小说中以时态切换的形式表现，从而表达隐含作者对"过去"和"现在"的区分。

在鲁迅小说翻译中，首先，三个译本都严格遵守原文的时间顺序和叙事频率；然而，在叙事时长的表现上却差异很大。

原文：伊的儿媳七斤嫂子正捧着饭篮走到桌边，便将饭篮在桌上一摔，愤愤的说，"你老人家又这么说了……"

杨译：Her granddaughter-in-law, Mrs. Sevenpounder, had just come up to the table with a basket of rice. Planking it down on the table, she said angrily, "There you go again!..."

莱译：Her granddaughter-in-law Sister Sevenpounder was just coming up to the table with a basket of rice as the old woman spoke. Obviously iritated, Sister Sevenpounder tossed the basket down on the table. "There you go again..."

蓝译：Her granddaughter-in-law, wife to Seven-Pounds, slammed a basket of rice down on the table. 'There you go again,' she responded angrily.

七斤嫂对九斤老太从未停歇的"一代不如一代"抱怨，非常不满，在气恼中她一气呵成做完四个动作：捧、走、摔、说。杨宪益译文保留所有动作，切分为两个句子，译文与原文等叙。莱尔译文同样将四个动作用两个句子表达，由于第一句增加了 as the old woman spoke，第二句增加了 Obviously iritated，虽然突出了七斤嫂的气愤，但整体上叙事速度缓了一些。蓝诗玲译文省去"走"这一动作，让叙事速度加快，也很好地突出了七斤嫂的愤愤不平。

其次，在《风波》翻译中还有一个特殊现象：小说结尾的一段，三个译者都从规范的过去时转变为标记的现在时，叙事目的和功能是什么？又有什么小的差别？

原文：现在的七斤，是七斤嫂和村人又都早给他相当的尊敬，相当的待遇了。到夏天，他们仍旧在自家门口的土场上吃饭；大家见了，都笑嘻嘻的招呼。九斤老太早已做过八十大寿，仍然不平而且健康。六斤的双丫角，已经变成一支大辫子了；伊虽然新近裹脚，却还能帮同七斤嫂做事，捧着十八个铜钉的饭碗，在土场上一瘸一拐的往来。

杨译：Today Sevenpounder is again respected and well treated by his wife and the villagers. In the summer his family still sit down to eat on the mud flat outside their door, and passers-by greet them with smiles. Old Mrs.

Ninepounder celebrated her eightieth birthday some time ago, and is as hale and hearty as ever, and as full of complaints. Sixpounder's twin tufts of hair have changed into a thick braid. Although she started to bind her feet recently, she can still help Mrs. Sevenpounder with odd jobs, and limps about the mud flat carrying the rice bowl with its sixteen copper rivets.

莱译：Today's Sevenpounder has once again become that Sevenpounder who is respected and treated well by wife and villagers. When summer comes, smiling and waving to each other, the villagers eat on the threshing ground in front of their own doors as they always have. Old Lady Ninepounder has long since celebrated the grand occasion of her eighth decade of longevity. She is still as dissatisfied and healthy as ever. Sixpounder's fork-horns have been transformed into a single large braid. Although her feet have recently been bound, she is still able to help her mother do some of the work and can be seen hobbling back and forth on the threshing ground, a ricebowl repaired with sixteen rivets in her hands.

蓝译：And so Seven-Pounds again enjoys the deferential regard of his wife and fellow villagers. Every summer, they dine out on the mudflat outside their door, graciously acknowledging their neighbours' smiles and greetings. Now well past her eightieth birthday, old Mrs Nine-Pounds enjoys the same healthy ill-temper as always, while Six-Pounds's two wiry little braids have merged into a larger, single plait. And even though her feet have now been bound, she still helps Mrs Seven-Pounds with the chores, hobbling back and forth across the mudbank, carrying her rice bowl with its sixteen copper nails.

小说最后一段实际上是双重叙事。显性叙事进程是，在"辫子风波"过后村子又恢复了往日的景象：七斤继续受到村人的尊敬，村子也继续着它的"田园诗意"。隐性叙事进程是，中国农村的愚昧、保守、自封，已经到了顽固至极的程度，人们无法改变，隐含作者对此近乎绝望。从时间上讲，描写的内容仍然是过去的事情，似乎应以过去时态翻译才正确，但是三个译文都不约而同选用现在时态翻译。

从叙事学上讲，时态的切换往往意味着主题的重大变化（Huber，2016：91）；过去时态与现在时态的区别在于，过去时态是非标记时态，而现在时则是标记时态（Fleischman，2014：5），过去时态是动态时态，功能在于"叙述""行动"，而现在时态是静态时态，功能在"描写""看见"（ibid：35），用现在时态讲述故事，能增加故事的"永恒性"（timelessness）寓意（ibid：105）。三个译文的译者都洞悉隐含作者的寓意，将时态切换为现在时，暗示了隐含作者冷眼旁观中国农村接近"永恒的"愚昧、保守、自封，心情沉痛失望。

然而这一段中杨译的时态又有一些不同。译者为了体现时间上的先后，杨氏还是将"九斤老太早已做过八十大寿""伊虽然新近裹脚"两处用了过去时，分别译为 Ninepounder celebrated her eightieth birthday some time ago, and is as hale and hearty as ever, and as full of complaints. 和 Although they started to bind her feet recently。对于这两句，两位汉学家的处理非常巧妙：或者用现在完成时态，或者用介词短语绕过。莱译分别是 Old Lady Ninepounder has long since celebrated the grand occasion of her eighth decade of longevity. 和 Although her feet have recently been bound，且第一句的大词 grand occasion，longevity 增加了反讽和幽默。蓝译分别是 Now well past her eightieth birthday, old Mrs Nine-Pounds enjoys the same healthy ill-temper as always 和 even though her feet have now been bound，且第一句的 healthy ill-temper 是转移修辞法和矛盾修辞法，充满反讽和幽默。相比之下，杨译两处过去时态在一定程度上损伤了隐含作者的意图；中规中矩的用词（hale and hearty，full of complaints）虽然准确传达了信息，但幽默效果还有一些差距。此外，三个译文在凸显"永恒的"保守自封这一主题时，手段上也存在差异。原

文的"到夏天"，杨译是 In the summer，莱译是 When summer comes，蓝译是 Every summer。显然，蓝译对此认识最深，莱译次之，杨译最弱。

4.3 叙事视角（或聚焦）（Point of View/Focalization）

叙事视角（聚焦）指的是谁在看或想，即从谁的眼光来讲故事。热奈特将视角分为零聚焦（全知视角）、内聚焦（故事中某个人物所看、所想）、外聚焦（从外部客观观察行为，不进入人物内心）（Genette，1980：189-194）。其他学者的划分大同小异。翻译批评中考察：① 当小说出现视角转换，即，从全知叙事者的叙述、评论，转向人物内视角的观察和认知，译者是否注意到这一隐蔽转换？② 人物的内视角往往表现了其认知、心理状态，译者是否注意到人物的认知水平与情感状态？③ 译者呈现人物内视角的感知顺序是否合理？④ 视角也有表达意识形态的功能（Rimmon-Kenan，2002：83-84），体现了隐含作者对人物的隐蔽评价，译者是否能很好地传达？

原文：(七斤嫂)看见又矮又胖的赵七爷正从独木桥上走来……

杨译：Mr. Zhao's short plump figure could be seen approaching from the one-plank bridge.

莱译：she had caught sight of chubby little Seventh Master Zhao, walking up from the single-plank bridge.

蓝译：she spotted the squat form of Mr Zhao, … picking his way across a single-log bridge

七斤嫂正在吃饭，突然瞥见又矮又胖的赵七爷走过来。三个译文都取的是她的内视角，然而因所有格差异，呈现的内视角形象也有细微区别，因而导致了译文的准确性不同。Hamawand(2023：58-59)曾比较所有格不同而导致认知差异：① The winner's edge is all in the attitude, not aptitude. ② The edge of the winner is all in the attitude, not aptitude. 这两个句子在心理突出上是不同的：句①突出的 winner，句②突出的则是

edge，句①的认知文体学效果更好。根据七斤嫂的认知，她首先瞥见的应该是一个又矮又胖的身影，定睛观察，才确定是赵七爷。杨译首先感知的是 Mr. Zhao，接着是 short plump figure；莱译 chubby little Seventh Master Zhao 的叙事效果介于中间；蓝译首先感知的是 squat form，之后是 Mr Zhao，叙事效果最佳。

我们再看视角传达的意识形态(隐蔽评价)。

原文：到夏天，他们仍旧在自家门口的土场上吃饭；大家见了，都笑嘻嘻的招呼。

杨译：In the summer his family still sit down to eat on the mud flat outside their door, and passers-by greet them with smiles.

莱译：When summer comes, smiling and waving to each other, the villagers eat on the threshing ground in front of their own doors as they always have.

蓝译：Every summer, they dine out on the mudflat outside their door, graciously acknowledging their neighbours' smiles and greetings.

小说写到最后，大家明白皇帝不坐龙廷了，七斤因早剪了辫子，又得到了"七斤嫂和村人相当的尊敬"。原文用的是全知视角，杨译和莱译也用全知视角；然而蓝译 graciously acknowledging their neighbours' smiles and greetings 则将叙事视角偷偷切换为七斤、七斤嫂的内视角。这之间存在着细微的差别：通过转换视角，给予七斤一家人重光描写，将人物内心洋洋得意的情感外溢出来。(graciously 意为"友好地""大度地"，也辅助了表达)

4.4 话语/思想呈现方式(Speech/Thought Presentation)

Leech & Short(2007：255-278)将话语/思想呈现方式分为五种：直接引语/思想、间接引语/思想、自由直接引语/思想、自由间接引语/思想以及言语行为叙述。通常说来，重要人物的话语用直接引语，次要人物的话语用间接引语；间接引语加快叙事速度；直接引语强调话语的声响效果，自由间接引语能加入叙述者隐蔽的同情、反讽等情感(申丹，2019：290-307)。翻译批评中考察：① 译者对直接引语和间接引语的使用，是否符合人物的身份，以及场景详描与概说的特征；② 译者是否甄别出自由间接引语中的隐蔽情感，并加以表现。

原文：六斤也趁势溜出，坐在他身边，叫他爹爹。七斤没有应。

杨译：Sixpounder seized this chance to slip out and sit down beside him. She spoke to him, but he made no answer.

莱译：Taking advantage of the diversion afforded by her father's arrival, Sixpounder appeared out of nowhere and sat by his side. "Daddy!" she cried in welcome, but Sevenpounder did not respond.

蓝译：'Daddy,' Six-Pounds called out, slipping out from her hiding place to sit next to him. No reply.

这一句写的是六斤遭九斤老太责骂后躲了起来；看到父亲七斤回来，孩子的天性即刻显现出来：迫不及待跑到父亲身边，并喊爹爹。原文是言语行为的概述，杨译与原文保持一致(然而 spoke to him 可能还会有其他的意思，比如讲述今天的事情经过，等等)，孩子的天真形象丧失；莱译和蓝译都改为了直接引语，叙事效果更好：让读者听见"爹爹"的声音，能让孩子与父亲亲近的感情自然流出，更符合人物身份和场景特征。

另外，我们发现莱尔在翻译"思想呈现"的时候，创新性地运用到任何叙事学理论都没有谈到的方法。

原文：他心里但觉得事情似乎十分危急，也想想些方法，想些计划，但总是非常模糊，贯穿不得："辫子呢辫子？丈八蛇矛。一代不如一代！皇帝坐龙庭。破的碗须得上城去钉好。谁能抵挡他？书上一条一条写着。入娘的！……"

杨译：Matters seemed to have reached a very dangerous state, and he tried to think of a way out or some plan of action. But his thoughts were in a whirl, and he could not straighten them out. "Queues, eh, queues? A huge eighteen-foot lance. Each generation is worse than the last! The emperor's ascended his throne. The broken bowl will have to be taken to town to be riveted. Who's a match for him? It's written in a book. Damn!… "

莱译：In his heart he simply felt that what he was facing had all the earmarks of a full-blown crisis. He tried to think of ways to avert it, to come up with a plan or two, but his thoughts were so vague and disconnected that he was unable to string them together into any coherent program of action. *Where's your queue, where's your queue?… A spear eighteen feet long… One generation's worse than the last!… The Emperor's ascended the Dragon Throne.* "I'll have to take the broken bowl to town and have it riveted." *Can you stand up to him?… Written down in a book, as plain as can be.* "Motherfuckers!"

蓝译：Though he could sense the situation was critical, every attempt to find a solution fizzled out：'Where's your queue? Eighteen-foot lance—the youth of today! The emperor's back. Get it mended in town. No one! All the books. Damn it all to hell…'

此刻的七斤面临一系列的烦心事：赵七爷恐吓，七斤嫂咒骂，祖母唠叨，女儿六斤摔破碗。他思绪麻乱，又急又气。原文用的直接思想呈现，杨译和蓝译遵从原文的形态，叙事功效达到。然而莱译创新的叙事形式让叙事效果更进一步：译者将其中暂时还无法处理的事情（辫子）用自由直接引语以及斜体（功能是强调）加上省略号（暗示的是人物思绪不连贯或混乱）表现，读者可以直接进入其内心；将其中能够且需要赶急处理的事情（补碗），用直接引语表达，暗示七斤提醒自己明天不能忘记此事；用直接引语表达詈骂，表现的是七斤想着想着，愤怒到了顶点，忍无可忍而发出愤怒的吼声，将"思想"切换到"声音"。这样创造性改写，极其生动地表达了人物的混乱思绪以及愤怒情绪，也是叙事手段的实验和创新。

4.5 展示 vs. 讲述 (Showing vs. Telling)

小说中的展示是让人物自导自演，叙述者只是生动记载，并不介入；讲述则是叙述者转述，或者做伦理、认知或情感的介入。对于展示 vs. 讲述，叙事学家有两种态度：传统叙事学家认为展示是比讲述更好的叙事手法 (Herman et al., 2005: 530)，但是布斯认为讲述中能加入伦理、道德的因素，因此非常重要 (Booth, 1983: 8-16)。翻译批评中需要酌情评论。在没有伦理因素介入时，译者是否能用展示的手法，让译文生动可读？在有隐蔽的伦理评论的时候，译者是遵从原文的评论还是做调整？原因是什么？

我们先看展示 vs. 讲述而导致的译文生动性差异。

原文：他两手同时捏起空拳，仿佛握着无形的蛇矛模样，向八一嫂抢进几步道，"你能抵挡他么！"

杨译：Raising his empty hands, as if grasping a huge invisible lance, he took a few paces towards Widow Pa Yi, saying, "Are you a match for him?"

莱译：He raised his two hands and held them apart, slightly cupped and parallel, as if they grasped an invisible eighteen-foot spear. He lunged toward Sister Bayi and demanded, "Can you stand up to him?"

蓝译：He bore down on Mrs Ba Yi, clenching his fists in the air, as if wielding an invisible spear: 'No one!'

赵七爷恐吓八一嫂，称张勋大帅是张飞后代，之后模仿张飞手持丈八蛇矛的样子，并咄咄逼人问八一嫂是否可以抵挡。对于捏拳、握矛、抢进三个动作，杨译分别是 rasie、grasp、take a few steps，意义准确但落于平庸，偏于讲述；莱译用 raise、grasp、hold、lunge，并根据情景增添了 slightly cupped and parallel(两只手握成空杯状,前后一条线),人物形象饱满;蓝译的 bear down on(猛冲)和 clench, wield 则极其生动、富于张力,是典型的展示。另外从叙事时间上看,杨译与原文等叙;莱译是慢叙(拉长),蓝译是快叙。对于这样一个戏剧性场面,蓝译因其选词和叙事速度,使得这一场景的叙事效果最佳。

我们再看对于原文评论性的讲述,译者不同的处理。

原文:赵七爷是邻村茂源酒店的主人,又是这三十里方圆以内的唯一的出色人物兼学问家;因为有学问,所以又有些遗老的臭味。

杨 译: Mr. Zhao was the owner of Abundance Tavern in a neighbouring village, and the only notable within a radius of ten miles who was also something of a scholar. His learning gave him a little of the musty air of a departed age.

莱译: Seventh Master Zhao was proprietor of the Bountiful Brook, a wineshop in a neighboring village. He was the only person of renown for more than ten miles around—and something of a "scholarshipologist" to boot.[11] Since he was a man of learning, he always had about him something of the nostalgic air of a minister of state left over from a previous dynasty.

脚注 11. A satirical barb directed at the popular fashion of making everyone an "-ologist" of some sort.

蓝译: Proprietor of the Splendid, the tavern in the neighbouring village, Mr Zhao was the only man of any distinction or education within ten miles. A celebrated fogey, …

原文中"出色人物兼学问家""遗老",都是叙述者(也是隐含作者)的评论,性质上属于讲述。对此,杨译为 musty air of a departed age(他的学识赋予了他一点陈旧时代的发霉气息),莱译为 nostalgic air of a minister of state left over from a previous dynasty(他身上总带有一种怀旧的气息,仿佛是前清遗留的大臣),蓝译为 celebrated fogey(著名的守旧人物)。我们可以感受到，对于赵七爷的评论，莱译用自创的 scholarshipologist 和"前清遗留的大臣"，让贬挞、嘲讽的程度超过杨译与蓝译，也超过原文。

按照莱尔的看法，赵七爷身上有着旧式士人——官员的传统，浑身弥漫着一个已垮王朝的遗风(Lyell，1976：213-214)。他可以归入莱尔划分的"传统型知识分子"，属于"压迫者"(ibid：141)阵营。在整个译文中，莱尔对赵七爷加重的负面评价是一贯的。比如上一例中对其手握无形蛇矛的夸大描写；又如"跨上独木桥，扬长去了"一句，杨译是 strode on to the one-plank bridge，莱译是 haughtily strode away，蓝译是 striding out。究其原因，莱尔提倡兼爱，反对偏见和民族仇恨(寇志明，2006：89)，这也流露于他对赵七爷加重的贬斥中。

4.6 隐含作者/隐含译者(Implied Author/Implied Translator)

隐含作者的思想由布斯(Wayne C. Booth)提出。小说的叙述者不一定代表真正作者的规范和意图，在叙述者背后有一个隐含作者，他有目的地给与或藏收信息，展示特定人物视角，加入讲述和评论，进而操控读者的伦理站位，影响读的价值观。隐含作者的思想需要读者去推测。(Booth，1983)翻译批评中考察：对于隐含作者的意图，译者理解是否到位？如果译者作了改动，又隐含了怎样的隐蔽价值观(即所谓的"隐含译者")？

原文：七斤虽然住在农村，却早有些飞黄腾达的意思。

杨译：Although Sevenpounder lived in the village, he had always wanted to better himself.

莱译：Although Sevenpounder lived in a country village, his family had early on showed promise of scaling the ladder of prestige：

蓝译：Although Seven-Pounds still lived in the old family village, he was a man going places.

七斤已经"三代不捏锄头柄",是村里的"出场人物"。他"志向远大",希望日后能"飞黄腾达"。事实上,隐含作者这里是满含嘲讽的,所谓"飞黄腾达",不过是受村人崇拜、至多做点小官之类。杨译的better himself,意为让自己修养更好,这违背了隐含作者的叙事意图;莱译 showed promise of scaling the ladder of prestige(显出不断爬升社会地位的希望),符合隐含作者的意图;蓝译 a man going places(见多识广的人),与隐含作者的意图偏离。这里很可能是蓝诗玲的隐蔽价值观流露:她对中国农民这样的弱势群体持有很大的同情心,不想将过多的负面形象加在他们身上。

4.7 不可靠叙述(Unreliable Narration)

不可靠叙述的思想由布斯提出。通常认为小说语言必须都是真实、可靠的,然而人物的叙述、观察、话语,甚至叙述者的叙述,未必都是真实、可信的。这便是"不可靠叙述"(Booth,1983)。究其原因是,人物所持的规范会与隐含作者的规范不一致;会对事件作出错误的认识和评价;隐含作者故意让叙述者给出错误信息,让读者去分析、判断、回味,从而参与叙事过程。此外,表达幽默的不可靠叙述常常以反讽、戏拟的形式出现;非幽默的不可靠叙述则是表达人物的有限知识与错误认识(Herman et al.,2005:623)。翻译批评中考察:①译者是否能够识别不可靠叙述,且不混淆于可靠叙述? ②译者是否能够通过不可靠叙述表现出人物的错误认识或者虚假心理? ③译者是否能够体会并再现不可靠叙述表达的幽默和反讽?

原文:"好香的干菜,——听到了风声了么?"赵七爷站在七斤的后面七斤嫂的对面说。

杨译:"Those dried vegetables smell good—have you heard the news?" Mr. Zhao was standing behind Sevenpounder, opposite Mrs. Sevenpounder.

莱译：At the same time he carefully scrutinized their food and commented, "Smells really good. Heard the news?" Now he stood directly behind Sevenpounder, facing Sister Sevenpounder.

蓝译：'Delicious, delicious, I'm sure.' Mr Zhao took up position behind Seven-Pounds and opposite his wife. 'Heard the rumours?'

富贵的赵七爷巡视贫穷人家吃晚饭，口是心非赞扬乌黑的蒸干菜"好香"。赵七爷的本意并不在赞美干菜的美味，而是意欲首先拉近与村人关系，然后恐吓他们皇帝又坐龙庭，辫子攸关性命。杨译 Those dried vegetables smell good 表现的是赵七爷诚心诚意的赞美；莱译 Smells really good 也是诚心诚意的赞美；蓝译 Delicious, delicious, I'm sure. 则将赵七爷虚伪的赞美表现得活灵活现，再现了原文的不可靠叙述。

4.8　叙事结构(Narrative Structure)

故事由一系列的序列(series)构成。序列是因连带关系(solidarity)而捆结在一起的核心(nuclei)，它可大可小，功能完成，序列便闭合(Barthes, 1977：101-102)。翻译批评中需要考察汉语流水句的翻译问题。汉语常用流水句，中间会有很多主题杂合在一起。翻译家是否根据语义功能，将其正确地划分为译者能够能分辨主题意义的序列？译者又该如何利用序列的空间布排，来表现特殊的情感意义？

原文：村人们呆呆站着，心里计算，都觉得自己确乎抵不住张翼德，因此也决定七斤便要没有性命。

杨译：The villagers stood there blankly, turning things over in their minds. They realized they really were no match for Zhang Fei; hence Sevenpounder's life was as good as lost.

莱译：The villagers stood there speechless. They turned his question over in their own minds, and they all arrived at the same conclusion: they were indeed no match for Zhang Fei, and thus they also concluded that Sevenpounder was dead meat for sure.

蓝译：The villagers stood there, in stunned realization that none of them—and least of all the miserable Seven-Pounds—would stand a chance against Zhang Fei.

赵七爷做手握长矛状，恐吓村人，村人也被唬得呆住。原文是流水句，但是根据主题可以分为两个序列：一是村人呆站，二是内心思忖。杨译在序列切分上出现错误：第一，将 The villagers stood there blankly 和 turning things over in their mind 两个义素放在一个序列里面，逻辑上便出现矛盾：既然前面是 blankly，后面又怎样可能是 turning things over in their mind？第二，turning things over 和后面思想的内容在性质上更接近，将它们放在一起更好。莱译切分为两个序列，逻辑正确。蓝译用一个序列，并运用插入语、前后破折号，将"心里计算"用表示伴随状态的名词结构 in stunned realization（转移修辞法）表达，将"决定七斤便要没有性命"转化为前后破折号里面的 and least of all the miserable Seven-Pounds（最不可能与张飞一战的便是可怜的七斤），加快了叙事速度，也增加了幽默。

我们再看蓝诗玲为突出主题而对序列做的创造性空间布排。

原文：河里驶过文人的酒船，文豪见了，大发诗兴，说，"无思无虑，这真是田家乐呵！"

但文豪的话有些不合事实，就因为他们没有听到九斤老太的话。这时候，九斤老太正在大怒，……

杨译：Some scholars, who were passing in a pleasure boat, waxed quite lyrical at the sight. "So free from care!" they exclaimed. "Here's real idyllic happiness."

The scholars were rather wide of the mark, however. That was because they had not heard what Old Mrs. Ninepounder was saying. Old Mrs.

Ninepounder, who was in a towering temper, …

莱译：Catching sight of the idyllic scene while sipping their wine, these lions of literature lyrically proclaimed, "Not a care in the world, a true example of the pleasures of peasant life！"

The words of these literary lions, however, did not entirely tally with reality, but that was only because they had not heard what old Mrs. Ninepounder was saying. In high dudgeon, …

蓝译：'What a pastoral idyll！' gushed a pleasure-boatful of amateur poets and professional drinkers as it sailed past. 'Not a care in the world！'

If only they could have heard Mrs Nine-Pounds.

'Seventy-eight years I've lived…

原文中，酒船上的文豪大发诗兴是第一个序列；叙述者马上澄清这不合事实，因为他们没有听到九斤老太的话，这是第二个序列；接着便叙述九斤老太的抱怨，这是第三个序列。杨译和莱译都遵从了原文的叙事结构以及空间布排，叙事效果正常表达；然而蓝译将"但文豪的话有些不合事实，就因为他们没有听到九斤老太的话"这一汉字序列简化为只有 8 个单词的"If only they could have heard Mrs Nine-Pounds"，并与前后两个段落隔开，单独成为一个段落。这样的序列布排，其叙事功效不仅超过了另外两个译文，也超过了原文。第一，原文的意义在蓝译中用虚拟语态表达，信息毫无丢失；第二，当这一个极短序列单独作为一个段落时，形式上它形成"认知凸显"（prominence），功能上达到"心理突出"（foregrounding）（Leech & Short，2007：39），并暗示它与读者的初始预期不一样（ibid：128）。第三，与另外两个译文使用因果复合句不同，蓝译 8 个单词的短句加以句号结尾，除了达到信息自治，句号还有着最大的切分力量，能形成巨大的心理撞击（ibid：174）。这样切分的极短叙事序列，给读者造成的惊愕是最大的：每一个单词都承载着极大的心理震撼。此外，根据象似性（iconicity）原理，段落结束后留下的空间，留给读者充分的时间去疑惑：为什么文豪的诗兴会被叙述者否定？

4.9　叙事功能（Narrative Function）

巴特将叙事功能分为两种：功能型和标示型。功能型包括核心功能（cardinal function）和催化（catalyzing）功能；标示型又包括标示（indices）和信息项（informant）。标示指向的是蕴含意义，让读者解码人物、心境、氛围、哲学意义，信息项只是辅助说明在时间和空间的信息（Barthes，1977：93-96）。翻译批评中考察：①译者是否突出了核心功能，保证主题的完整接受？②译者是否能意识到标示因素的象征意义并给与再现？

原文：伊透过乌桕叶，看见又矮又胖的赵七爷正从独木桥上走来，而且穿着宝蓝色竹布的长衫。

杨译：Through the tallow leaves, Mr. Zhao's short plump figure could be seen approaching from the one-plank bridge. And he was wearing his long sapphire-blue cotton gown.

莱译：through the allow leaves she had caught sight of chubby little Seventh Master Zhao walking up from the single-plank bridge. What was more, he was wearing his long blue cotton gown.

蓝译：Through a screen of tallow leaves, she spotted the squat form of Mr Zhao, draped in a long gown of sapphire-blue glazed cotton, picking his way across a single-log bridge and towards them.

七斤嫂看见穿着宝蓝色竹布长衫的赵七爷，"心坎里便禁不住突突地发跳"，非常惊恐。赵七爷穿宝蓝色竹布长衫是有象征意义的：前面两次他穿这种长衫，都是他的仇人有殃；这次因为七斤剪了辫子，又因为他在酒醉的时候骂过赵七爷"贱胎"，七斤嫂联想到七斤可能有殃了。故此，赵七爷穿着的象征意义需要特别交代。在杨译和莱译中，这个信息都作为独立的单句，得到高光突出，莱译还加上 What was more 故意强调；蓝译将这一信息放在句子中间作为插入语，叙事功能作为背景隐去，虽然叙事速度更快、语言更流畅，但是叙事功能却出现了一定损失。

4.10 叙事距离(Narrative Distance)

叙事距离的思想由布斯提出。它指隐含作者、叙述者、人物、读者之间存在的物理距离、时间距离、认识(intellectual)距离、道德距离、情感距离等(Booth，1983：155-159)。翻译批评中考察：①译者是否能识别多种角色之间的距离？②如果叙事距离是重要的主题因素，译者是否忠实传达？③译者如果对非重要的叙事距离做了更改，其隐蔽的价值观又是什么？

原文：伊的儿媳七斤嫂子正捧着饭篮走到桌边，便将饭篮在桌上一摔，愤愤的说，"你老人家又这么说了。六斤生下来的时候，不是六斤五么？你家的秤又是私秤，加重称，十八两秤；用了准十六，我们的六斤该有七斤多哩。"

杨译：Mrs. Sevenpounder, … said angrily："There you go again! Sixpounder weighed six pounds five ounces when she was born, didn't she? Your family uses private scales which weigh light, eighteen ounces to the pound. With proper sixteenounce scales, Sixpounder ought to have been over seven pounds."

莱译：Obviously irritated, Sister Sevenpounder tossed the basket down on the table. "There you go again, old woman. Now when Sixpounder was born, didn't she really weigh six pounds plus five ounces? Besides your family's scales are crooked to begin with. They weigh light. It would take eighteen ounces to make a pound on your scales! If you used honest sixteen-ounce scales, our Sixpounder would have weighed in at over six pounds.

蓝译：Her granddaughter-in-law, wife to Seven-Pounds, slammed a basket of rice down on the table. 'There you go again,' she responded angrily. 'Six-Pounds actually weighed in at six pounds five ounces-remember? And your scales always weighed eighteen ounces to a pound. If we'd put her on proper scales, sixteen to the pound, she'd have been well over seven.

九斤老太数落"一代不如一代"，首先从三辈人出生体重逐次减低开始。七斤嫂对此愤愤不平，提出反驳。在中国古代，标准秤是十六两，十八两秤是奸商用的私秤，称量结果偏重。三个译文中，杨译和蓝译对于七斤嫂和九斤老太的人物距离与原文保持一致：虽然不满，但还不敢公开忤逆犯上。在莱译中，这一距离发生了变化：将称呼"你老人家"译为 old woman，表达的是七斤嫂对九斤老太公然的蔑视；your family's scales are crooked, honest sixteen-ounce scales 是明明白白的谴责。因此莱译的七斤嫂形象更为反叛，对旧制度的人伦秩序更有挑战。这也可能与莱尔是爱尔兰族裔，在美国受到歧视有关。

4.11 易读性与可读性(Legibility vs. Readability)

易读性是指阅读时花费的精力多少：付出的努力越少，易读性越高。而可读性则是指小说不但能够被解析，更是因为它生动有趣、令人愉悦(Prince，1982：132-142)。翻译批评中考察：①译者对原文的易读性是提高还是降低？②对易读性的改动是出于怎样的原因，是否合理？③译者改动易读性之后，可读性又是怎样？

原文：(老人男人坐在矮凳上，摇着大芭蕉扇闲谈，)孩子飞也似的跑，或者蹲在乌桕树下赌玩石子。女人端出乌黑的蒸干菜和松花黄的米饭，热蓬蓬冒烟。(河里驶过文人的酒船，文豪见了，……)

杨译：The children raced about or squatted under the tallow trees playing games with pebbles. The women brought out steaming hot, black, dried vegetables and yellow rice.

莱译：Children darted lickety-split from place to place or squatted under the tallow trees playing tosscatch[1]. Women carried out raven-black dried vegetables along with rice of a rich pinecone brown. All around the threshing ground steam rose from the piping-hot food.

脚注 1：Requiring nothing but pebbles, the game could be played by the poorest of children. Using only one hand, a player would toss five pebbles into the air, catching one before it hit the ground. Then he would toss that one up again, pick one up from the four remaining on the ground and catch the tossed one again before it fell to the ground. Then he would toss up the two he now held in his hand, pick up a third, and catch the two in the air before they reached the ground, and so on. A successful player would finish by tossing up all five, catching them on the back of his hand, tossing them up again, and making the final catch in his palm.

蓝译：… while the children skittered about or squatted beneath the tallow trees, tossing pebbles. The women brought out dishes of tar-black, steamed dried vegetables and bright yellow rice, the heat billowing out of them. 'What a pastoral idyll！' gushed a pleasure-boatful of amateur poets and professional drinkers as it sailed past…

小说开篇描绘了一个表面平静安宁、貌似田园风光的景色。其中孩子们"赌玩石子"，杨译为 playing games with pebbles，蓝译为 tossing pebbles，简单流畅。莱译 play tosscatch，该词将 toss＋catch 强行拼接，是译者自创，而且加上了 126 个字的脚注。这一句译文的易读性和可读性都偏低，原因有二：①读者在读完脚注之后，也未必能够完全理解玩石子游戏；②这是一个枝末信息，用如此长篇幅介绍，会影响读者阅读的流畅性、完整性。此外，蓝译将酒船上的文豪译为 amateur poets and professional drinkers，一则增加了幽默感，与鲁迅的黑色幽默风格相应，二则增加了可读性。

4.12 元叙事(Metanarrative)

杰拉德·普林斯(Gerald Prince)(1982：115)认为，当一段话语的主题是叙事本身时，它便是元叙事。元叙事具有组织功能、解释功能、审美功能、评价功能。叙述者用它或是埋下草蛇灰线，或是引导读者做伦理判断，或是借机抒发自己的情感。翻译批评中考察：①译者是否能够识别元叙事的功能？②译者对元叙事是遵从还是改动？如果有改动，那么是由于诗学传统的差异，还是译者与作者有着不同的伦理、价值观差异？③在特殊的时候，译者如果加上自己的元叙事，又表达了怎样的认知、情感与伦理导向？

《风波》原文并没有元叙事。但是我们发现，莱尔通过多处的脚注加上自己对人物、典故、隐含作者意图的阐释和评论，引导"隐含读者"接受。杨译完全忠实于原文字面，不会做更多的阐释；蓝译只是在前言中做详细的导读，在正文中不会加入自己的评论作为元叙事。这是三个译文一贯的特征。

比如小说中九斤老太第一次感叹"一代不如一代"，莱尔在译文下面做了三段脚注。

Regarding this passage, Lu Xun's younger brother Zhou Zuoren has commented：

"The lions of literature passing by in a pleasure boat on the river… actually see things exactly the same way as Old Lady Ninepounder. The only difference is that, rather than looking to the past, they seek the ideal life in a far-off realm totally separated from themselves. The countryside provides excellent material for such a quest. In any case, however, it's just talk, for they'd never really consider moving there.

"Chinese poets are generally identified with a distinctive tradition：while carrying on their work as officials, their minds may be occupied by ambition, their sole concern being to climb ever higher in the bureaucracy. But in their poems, their hearts are always off in the mountains or woods and they heartily recommend the hermit's life. For instance, in his 'Memorial to the Prime Minister' the poet Han Yu (768-824) waxes enthusiastic over his role as official, but in his poem "Mountain Stones" (a familiar work contained in *The Three Hundred Tang Poems*) we find him saying, 'Since human life consists of such simple things, one can always be happy in oneself; what need then to go through the world forever tense and subject to the whip of other people's desires?' All such literary lions belong to the same club as Old Lady Ninepounder. The difference between them is similar to the difference between poetry and prose: a poet may sing the glories of mountain and forest in verse while complaining in prose that 'things ain't what they used to be'."

回译过来是：

"酒船上的文豪与九斤老太，看待这个世界的方式在本质上是一样的。唯一区别在于，文豪不是回望过去，而是寻求一个将自己与现实完全隔绝的理想世界。乡村为这种追求提供了极好的处所。不过，他们只是说说而已，从未真正考虑搬去那里生活。

"中国诗人有一个独特传统：他们在为官的时候雄心勃勃，全心关心的是官场上的晋升。但在诗中，他们的心却飞向山林，热情讴歌隐居生活。例如，韩愈(768—824)在《唐故相权公墓碑》中对自己作为官员的角色表现出极大的热情；但在《山石》一诗(收录于《三百首唐诗》)中，他却写道："人生如此自可乐，岂必局束为人鞿?"文豪们和九斤老太在根本上属于同一类人。他们之间的区别就像诗歌和散文：诗人可能在诗中歌颂美好的山林，却在散文中抱怨"世事不古"。

通过这样一个行使元叙事功能的注释，莱尔引导读者认识到，文豪和九斤老太守旧自封的本质是相同的。九斤老太是固执地迷恋于过去的一切；文豪们则一方面想在官场获得晋升，另一方面又向往田园的宁静，与古代的文人一脉相承。莱尔借此表达，晚清民国社会的各个阶层都陷入僵滞，思想保守、故步自封。

5　小　结

本文借用叙事学理论，从 12 个方面对《风波》三个权威译本进行了翻译批评。就叙事空间而言，因为杨译追求简洁，在空间切分上有时候会将距离较远的空间放在一起，抑或混淆空间的性质与单元之间的关系，而莱译和蓝译则会根据空间的认知属性进行准确切分。就叙事时间而言，杨译因为强调"非常忠实于原文"（杨宪益、文明国，2010：6），其速度总是与原文等叙，而莱译因为故意使用膨胀夸大的风格（inflated style）（Lyell，1990：XL）再现鲁迅果戈理式的语言风格，译文常常表现出慢叙特征；蓝译因为追求轻快简洁，译文常常表现出快叙特征。就叙事视角而言，杨译有时候会忽视视角转化，即当原文由全知视角转到人物内部视角时，其译文还是使用全知视角，因而使得人物认知、性格、思想的即时特征上出现一定的错误，而两位汉学家对此有清晰的认识并准确再现。就隐含作者和不可靠叙述而言，整体上莱译对此认识最深刻，并刻意显化隐含作者的意图，以及不可靠叙述的荒谬性。就叙事功能而言，莱译对鲁迅小说中的标示功能和象征因素所做的显化努力，超过其他两个译本。就易读性和可读性而言，蓝译因其语言的张力、生动，能提供给读者极大的阅读愉悦，因而有极高的易读性和可读性；莱译的语言因为再现果戈理式风格，其易读性偏低，但是对鲁迅小说的时代背景、隐喻主题、人物事件评价做了最多的旁征博引，最有利于引导读者了解鲁迅的思想，因而具有最高的可读性；杨译在这两点上都稍差一些。就元叙事而言，对于原文内部的元叙事(如《阿 Q 正传》的前序)，三个译本都忠实再现它的组织、阐释、评价功能，在其他场合中，莱译又通过脚注增加了很多元叙事，引导读者理解故事主题，以及中国的历史、政治、文化、诗学，用自加的元叙事来操控读者的接受。

◎ 参考文献

[1] Bal, M. *Narratology*: *Introduction to the Theory of Narrative* (4th ed.) [M]. Toronto: University of Toronto Press, 2017.

[2] Barthes, R. Introduction to the Structural Analysis of Narratives[A]. In R. Barthes (ed.) *Image Music Text*[C]. London: Fontana Press, 1977: 79-124.

[3] Booth, W. *Rhetoric of Fiction* (2nd ed.) [M]. Chicago: Chicago University Press, 1983.

[4] Fleischman, S. *Tense and Narrativity*: *From Medieval Performance to Modern Fiction*[M]. Austin: University of Texas Press, 2014.

[5] Genette, G. *Narrative discourse*[M]. Ithaca: Cornell University Press, 1980.

[6] Hamawand, Z. *English Stylistics*: *A Cognitive Grammar Approach* [M]. Switzerland: Palgrave Macmillan, 2023.

[7] Herman, D., M. Jahn, M. Ryan. *Routledge Encyclopedia of Narrative Theory*[M]. London & New York: Routledge, 2005.

[8] Huber, Irmtraud. *Present Tense Narration in Contemporary Fiction*: *A Narratological Overview*[M]. London: Palgrave Macmillan, 2016.

[9] Leech, G. & M. Short. *Style in Fiction*[M]. London: Longman, 2007.

[10] Lyell, W. A. *Lu Xun's Vision of Reality*[M]. Berkeley: University of California Press, 1976.

[11] Lyell, W. A. *Diary of a Madman and Other Stories*[M]. Honolulu: University of Hawaii Press, 1990.

[12] Prince, G. *Narratology*: *The Form and Function of Narrative*[M]. New York: Mouton Publishers, 1982.

［13］Rimmon-Kenan，S. *Narrative Fiction：Contemporary Poetics*［M］. London & New York：Routledge，2002.

［14］Shen，Dan. *Dual Narrative Dynamics*［M］. London & New York：Routledge，2023.

［15］Zoran，G. Towards a Theory of Space in Narrative［J］. *Poetics Today*，1984（2）：309-335.

［16］寇志明. 纪念美国鲁迅研究专家威廉・莱尔［J］. 鲁迅研究月刊，2006（7）：88-90.

［17］申丹. 叙述学与小说文体学研究［M］. 北京：北京大学出版，2019.

［18］宋悦、孙会军. 从叙事文体学视角看小说《在细雨中呼喊》的英译本［J］. 外语研究，2020（6）：79-89.

［19］王峰，姚远飞. 不可靠叙述作为翻译文学的诗学悖论［J］. 外语研究，2021（3）：87-92.

［20］王树槐. 文学翻译的叙事批评模式建构［J］. 外国语，2023（2）：88-98.

［21］杨宪益，文明国. 杨宪益对话集［M］. 北京：人民日报出版社，2010.

第七章 英语读者语言取向的实证调查及启示

——以《孔乙己》的杨宪益、莱尔译本为例

1 问题的提出

在汉英翻译批评实践中，不同的论者从不同的理论出发，可能会对同一译作作出截然不同的评价。杨宪益、戴乃迭译的《孔乙己》就是这样。陈宏薇（2000：62）从小说美学角度出发，赞扬杨氏译文"以生动简洁的笔触、符合人物社会地位与性格的贴切选词以及恰当的语篇布局调整，忠实地再现了原文的审美要素，实现了译文的艺术世界与原文的艺术世界之间的契合"。司显柱（2005：65）从功能语言学角度出发，批评杨氏译文"就译文的总体质量而言，译文在传递原文的概念意义和人际意义上都有缺憾，但在人际意义方面，问题更为严重，也更为隐蔽"。

那么，普通英语读者到底怎样评价杨氏译文？他们的语言取向又是怎样？当前中国文学的对外翻译和传播需要从中借鉴什么？我们有必要进行实证调查。

2　问卷设计与读者构成

为了让评价者有一个参照，更客观地做出评价，我们将杨氏译文（2006）和莱尔译文（Lyell，1990）同时作为评价对象。我们首先介绍了《孔乙己》的写作意图和人物形象，然后让读者阅读两个译文，之后要求他们写出整体评价，再后是对其中 26 个句子的两个译文分别比较。我们发出 45 份问卷，回收有效答卷 30 份。读者的国籍构成是：美国 20 名，英国 4 名，爱尔兰 1 名，他们的母语都是英语；另有 5 名读者的国籍是德国、阿尔及利亚、波斯尼亚、格鲁吉亚、孟加拉国，他们在英语环境中生活、工作多年，是双语使用者。他们的职业分别是：工程师（4 名），退休人士（4 名），英语教师（8 名），在美国就读的硕士和博士研究生（14 名）。

3　阅读反应报告

3.1　整体阅读反应

整体上，喜欢杨氏译文（以下简称杨译）的有 11 位，占 36.7%；喜欢莱尔译文（以下简称莱译）的有 15 位，占 50%；认为两个译文都可以接受的有 4 位，占 13.3%。喜欢杨译的原因是，简洁、清晰、用词恰当，没有太多学术研究的味道（less academic），没有不必要的雕饰，很好地表达了人物的形象和故事的场景。喜欢莱译的原因是，语言地道、幽默，细节生动，用词形象，情感浓烈，恰好地表现了小说的氛围和人物的性格，外国读者能更好地理解中国的文化词项。两者都喜欢的原因是，译文各有特色，很难判断哪一个更佳。

3.2 单句阅读反应

我们将 26 个单句的比较分为词汇、句法、文化词项、叙事四个类别，报告如下。

3.2.1 词汇

3.2.1.1 平实词与张力词

在用词方面，杨译倾向于使用平实准确的词汇，莱译则倾向于使用富于张力的词汇，即含有隐喻、幽默、夸张，以及鲜明视听效果意义的词汇。调查结果表明读者更喜欢后者。

原文 1）便排出九文大钱。

杨译：he would lay nine coppers on the bar...

莱译：He set out nine coppers all in a row.

反应：喜欢杨译的有 4 位，喜欢莱译的有 20 位，两者都喜欢的有 6 位。喜欢杨译的读者认为其译文语言自然；喜欢莱译的读者认为 set out... all in a row 给读者以鲜明的视觉形象，力量更大，更具感染力。

原文 2）眼睛都望着碟子。

杨译：their eyes fixed on the dish.

莱译：eyes glued to the ones he still had left.

反应：喜欢杨译的有 9 位，喜欢莱译的有 14 位，两者都喜欢的有 7 位。喜欢杨译的读者认为其译文简洁自然；喜欢莱译的读者认为其译文幽默而难忘，很好地表现了人物的心理，其中 4 位明确赞扬了 glue 一词用得好。

原文 3）他从破衣袋里摸出四文大钱，放在我手里，见他满手是泥，原来他便用这手走来的。

杨译：He produced four coppers from his ragged coat pocket, and as he place them in my hand I saw that his own hands were covered with mud—he must have crawled there on them.

莱译：He fished around inside his gown until he'd found four coppers. As he handed them to me, I noticed his palm was caked with mud. So he'd dragged himself there on his hands!

反应：喜欢杨译的有 11 位，喜欢莱译的有 16 位，两者都喜欢的有 3 位。喜欢杨译的读者评价其译文精练、清晰、自然，符合小伙计的口吻；喜欢莱译的读者评价其译文流畅、生动、描写形象、情感炽烈，其中 5 位明确指出 fish 是一个很好的选词。

3.2.1.2 广用词义与偶用词义

翻译家用到一个常用词的不常用意义时，一部分读者的反应表明，他们不能很好地接受。

原文 1）*在这严重兼督下，羼水也很为难。*

杨译：Under such strict surveillance, diluting the wine was very hard indeed.

莱译：Under supervision like that, cutting the wine wasn't easy.

反应：喜欢杨译的有 16 位，喜欢莱译的有 10 位，两者都喜欢的有 4 位。喜欢杨译的读者认为其译文易懂、清晰，其中有 11 位指出莱译的 cut 不如杨译的 dilute 好，有的甚至表示不知道 cut 还有"羼水"的意思；喜欢莱译的读者认为其译文简明、地道，更像一个小伙计的口吻，其中有 6 位认为用 supervision 一词比用 surveillance 好，因为 surveillance 太过正式。

原文 2）*而且我们掌柜也从不将茴香豆上账。*

杨译：our boss never entered aniseed-peas in his account-book.

莱译：my boss never wrote "fennel-flavored beans" on the checks anyway.

反应：喜欢杨译的有 6 位，喜欢莱译的有 14 位，两者都喜欢的有 10 位。喜欢杨译的读者认为其译文清晰、悦耳（melodious）；喜欢莱译的读者认为其译文易懂、自然、幽默。虽然 enter 一词在词典上有"记……入账"的意思，但调查显示部分读者不知道这一意义。对于"茴香豆"，2 位读者指出莱译的 fennel-flavored beans 比杨译的 aniseed-peas 更好懂，我们在英国国家语料库（BNC）上查到，fennel 的出现频数是 9 次，而 aniseed 是 3 次。

3.2.2 句法

3.2.2.1 事件的融包与切分

在叙述一系列事件的时候，杨译倾向于使用主从复合句、非谓语形式或介词结构，使得多个事件融包在一个大的复合句里；而莱译则倾向于使用主题句(或导引句)加上系列分述，或直接使用小句并列以及动词连动结构。

原文 1）孔乙己着了慌，伸开五指将碟子罩住，弯腰下去说道，……

杨译：Growing flustered, he would cover it with his hand and bending forward from the waist would say...

莱译：Old Kong would become very flustered, stretch his fingers defensively over the saucer, bend down, and tell them...

反应：喜欢杨译的有 7 位，喜欢莱译的有 19 位，两者都喜欢的有 4 位。我们看到莱译的区别性特征是，运用了 4 个连动动词 become、stretch、bend、tell，将 4 个事件分别给予高光突出。而杨译的处理是，将 4 个动作中的 2 个使用分词处理为伴随的背景动作，句子高度形合。喜欢杨译的读者认为其译文简洁，没有不必要的细节；喜欢莱译的读者认为其译文表述更生动，更适合场景的表现。其中有 2 位赞扬莱译自加的 defensively 一词，有 1 位赞扬莱译的语言是"展现而不是讲述"（'show, don't tell'），有 1 位声称喜欢动词连用（verb parallel）。

原文 2）中秋之后，秋风是一天凉比一天，看看将近初冬；我整天的靠着火，也须穿上棉袄了。

杨译：After the Mid-Autumn Festival the wind grew daily colder as winter approached, and even though I spent all my time by the stove I had to wear a padded jacket.

莱译：After the Mid-Autumn Festival the wind grew colder by the day. Winter was near at hand. I stuck as close to the fire as I could, but even then I still needed to wear my padded jacket.

反应：喜欢杨译的有 10 位，喜欢莱译的有 16 位，两者都喜欢的有 4 位。喜欢杨译的评价它简洁、自然；喜欢莱译的认为它地道、清晰、简明、描写细致。莱译的区别性特征是 After the Mid-Autumn Festival the wind grew colder 具有主题句特征，Winter was near at hand 行使导引句功能，后面再跟有表示结果的两个小句，突出 stuck 和 needed to wear。其中有 4 位读者指出莱译的结构处理更好、更具故事性，能让读者在阅读的时候喘口气（can breathe），有 10 位读者认为莱译在生动、准确上比杨译更胜一筹。

3.2.2.2　自然化（Neutralize）与刻意重复

鲁迅的作品中常常有故意的重复，莱尔为了再现鲁迅的语言风格，往往照直传译，而杨氏则中和为自然、规范的英语。

原文 1）店内外充满了快活的空气。

杨译：enlivening the whole tavern.

莱译：The space within the shop and the space surrounding the shop swelled with joy.

反应：喜欢杨译的有 17 位，喜欢莱译的有 13 位，两者都喜欢的有 0 位。喜欢杨译的读者认为它自然、简洁、直接；喜欢莱译的读者认为它描写生动，更好地展示了酒店的氛围。莱尔曾指出鲁迅的一大写作风格是故意的重复（Lyell，1976：263），所以他在译文中进行了刻意的再造，"店内外"就译为 The space within the shop and the space surrounding the shop。但是这样的翻译很多读者还是不能接受，即便有读者指出 swell 是一个很生动的选词。其中有 1 位读者批评莱译"做作"，有 1 位读者批评它"机械突兀"（hop-skip-jump）。

我们看到在处理作家独特语言风格的时候，多数读者还是喜欢杨译的简洁自然，按照英语的正常规范行文。这一点得到了英国汉学家、鲁迅小说的企鹅版译者蓝诗玲（Julia Lovell）的印证："将此重复准确地译出，在英语读者看来，既不舒服，又不高雅。"（Lovell，2009：xliv-xlv）

3.2.3 文化词项

《孔乙己》译文中文化词的翻译有两类不同的方法：字面对应与扩充说明；解释性翻译与脚注。调查表明读者接受的效果并不一样。

3.2.3.1 字面对应与扩充说明

原文 1）"谁要你教，不是草头底下一个来回的回字么？"

杨译："I don't need you to show me. Isn't it the hui written with the element for grass?"

莱译："Who needs you to teach me? Isn't it a grass radical on top with the character 'back,' like in the phrase 'back and forth,' on the bottom?"

反应：喜欢杨译的有 11 位，喜欢莱译的有 16 位，两者都喜欢的有 1 位，声称两者都看不懂的有 2 位。喜欢杨译的读者认为它简洁；喜欢莱译的读者认为它叙述清晰，描写细致生动，语言自然流畅，其中有 8 位认为莱译的"茴"字更易懂。

原文 2) 因为他姓孔，别人便从描红纸上的"上大人孔乙己"这半懂不懂的话里，替他取下一个绰号，叫作孔乙己。

杨译：And as his surname was Kong, he was given the nickname Kong Yiji from kong, yi, ji, the first three characters in the old-fashioned children's copybook.

莱译：Because his family name was Kong, people nicknamed him YiJi. They got the idea from the first six words of a copybook that was used in teaching children how to write characters：ABOVE-GREAT-MAN-KONG-YI-JI, a string of words whose meaning you could half make out, and half couldn't.

反应：喜欢杨译的有 11 位，喜欢莱译的有 18 位，两者都喜欢的有 1 位。喜欢杨译的读者认为它行文简洁，用词恰当，其中有 6 位批评莱译冗长；喜欢莱译的读者认为它叙述清晰，描写生动，语言自然，其中有 7 位指出莱译的"描红纸""上大人孔乙己"更容易理解。

以上两句涉及"草头底下一个来回的回字""描红纸""上大人孔乙己"等文化词项。我们能看到，杨译力求字面对应，尽量少加说明，莱译则不辞周折，运用详尽的扩充说明。多数读者认为莱译尽管冗长一点，但说得更明白，也更容易理解。

3.2.3.2 解释性翻译与脚注

原文 1) 孔乙己看着问他的人，显出不屑置辩的神气。他们便接着说道，"你怎的连半个秀才也捞不到呢？"

杨译：When he glanced back as if such a question were not worth answering, they would continue, "How is it you never passed even the lowest official examination?"

莱译：Kong glanced sidewise at his interrogator with the disdainful air of one who is above getting into such a petty squabble. But the man persisted. "How come you haven't managed to scrape up so much as half a Budding Talent?"（在莱尔的译文原文中，Budding Talent 配有脚注：In ascending order the three civil service degrees were Budding Talent, Selectman, and Advanced Scholar.）

反应：喜欢杨译的有 15 位，喜欢莱译的有 10 位，两者都喜欢的有 5 位。喜欢杨译的读者评价它清晰、易懂、自然、到位（to the point），更像酒客的口吻，其中有 3 位读者说不懂莱译的 Budding Talent（尽管有脚注——作者），另有 1 位读者说该词虽有脚注，但还是不易理解；喜欢莱译的读者认为它细节生动，幽默有趣，读者能感觉到鲜明的形象。

原文 2）"他总仍旧是偷。这一回，是自己发昏，竟偷到丁举人家里去了。……"

杨译：He'd been stealing again. This time he was fool enough to steal from Mr. Ding, the provincial-grade scholar.

莱译：He was stealin' as usual. But this time he really slipped his leash. Went and stole from Ding the Selectman's house. （Selectman 意义已在上一句的脚注中解释过）

反应：喜欢杨译的有 16 位，喜欢莱译的有 11 位，两者都喜欢的有 3 位。喜欢杨译的读者评价它易懂生动，语法规范，简洁自然，其中有 3 位指出杨译对 Mr. Ding 解释得更清楚；在喜欢莱译的读者中，有 2 位认为 slipped his leash 比 fool enough 生动，有 2 位认为动词并列（slipped, went, stole）很生动。

以上两句含有"秀才""举人"等文化词汇。杨译运用的是解释性翻译，而莱译创译为 Budding Talent 和 Selectman。尽管莱尔在译文里加有脚注，但还是有一些读者认为自己不清楚这两个短语的意思。我们可以推测，一部分读者只是追求故事情节，并没有对脚注给予足够的关注。蓝诗玲在与笔者的通信中是这样评论莱尔的大量脚注的："莱尔的脚注提供了很多有用的信息，但是我怀疑，这对于将译文作为文学作品来阅读的读者来说会起反作用。大量脚注给人的感觉是，译文的历史文献价值大于文学艺术价值。"

3.2.4　叙事

3.2.4.1　克制与创造

在叙事上，杨译通常遵从原文的语言形式，很少加上字面以外的"额外翻译"，译文非常"克制"；相反，莱译常常根据自己的理解和想象，创造性地加上一些原文字面上没有的细节。调查结果表明后者更受到读者的欢迎。

原文 1) 外面的短衣主顾，虽然容易说话，但唠唠叨叨缠夹不清的也很不少。

杨译：The short-coated customers there were easier to deal with, it is true, but among them were quite a few pernickety ones...

莱译：Now the short-jacket crowd was easy to deal with, but even so there were quite a few of them who would run off at the mouth and stir up trouble there was no call for, just because they couldn't keep things straight in their own heads when they ordered.

反应：喜欢杨译的 12 位，喜欢莱译的 18 位，两者都喜欢的 0 位。我们看到，莱译增加了 run off at the mouth and stir up trouble there was no call for，而杨译只是用了 pernickety（这是一个极低频词，BNC 显示该词的出现频率仅为 1 次）。喜欢杨译的读者评价它简洁、直接、准确，有 3 位批评莱译冗长（wordy）；喜欢莱译的读者评价它描写细致（more descriptive），语言地道生动，更容易理解，更好地反映了"短衣主顾"的性质。

原文 2) 幸亏荐头的情面大，辞退不得，便改为专管温酒的一种无聊职务了。

杨译：Luckily I had been recommended by somebody influential, so he could not sack me. Instead I was transferred to the dull task of simply warming wine.

莱译：Luckily the person who'd gotten me the job had a lot of prestige, so the boss couldn't just up and fire me even if he'd wanted to. And so he made me into a specialist. From then on I would tend to nothing but the boring business of warming the wine.

反应：喜欢杨译的有 12 位，喜欢莱译的有 16 位，两者都喜欢的有 2 位。我们看到，莱译的 just up、made me into a specialist 都是自己创造性的加译。喜欢杨译的读者评价它简洁、没有不必要的细节，其中有 3 位批评莱译冗长（long-winded）或"散"（rambling）；喜欢莱译的读者评价它细节描写生动，更容易理解，其中有 3 位指出莱译具有嘲讽的味道，比如 made me into a specialist（杨译为 transfer），有 1 位认为 couldn't just up and fire 比 could not sack 更能反映人物心理和社会背景。

原文 3) 孔乙己是站着喝酒而穿长衫的唯一的人。他身材很高大；青白脸色，皱纹间时常夹些伤痕；一部乱蓬蓬的花白的胡子。穿的虽然是长衫，可是又脏又破，似乎十多年没有补，也没有洗。

杨译：Kong Yiji was the only long-gowned customer who used to drink his wine standing. A big, pallid man whose wrinkled face often bore scars, he had a large, unkempt and grizzled beard. And although he wore a long gown it was dirty and tattered. It had not by the look of it been washed or mended for ten years or more.

莱译：Kong YiJi was the only customer in a long gown who drank his wine standing up. A big tall fellow with a scraggly grey beard, he had a face that was pale and wrinkled. And every so often, sandwiched in between those wrinkles, you'd see a scar or two. Kong wore a long gown just like the gentry, but it was so raggedy and dirty you'd swear it hadn't been patched or washed in at least ten years.

反应：喜欢杨氏译文的有 6 位，喜欢莱尔译文的有 20 位，两者都喜欢的有 4 位。我们看到，莱译的 sandwiched in、just like the gentry 和 you'd swear 都是根据揶揄口吻发展的需要而自加的。喜欢杨译的读者评价它用语简单，不用多余的词句就将主题突出；喜欢莱译的读者评价它故事性强（more story-telling），用语夸张幽默，阅读起来令人愉悦、印象深刻。其中还有 2 位明确批评杨译"平淡"（plain），或"白水翻译"（wateriness）。

原文 4）孔乙己睁大眼睛说，"你怎么这样凭空污人清白……"

杨译："Why sully a man's good name for no reason at all?" Kong Yiji would ask, raising his eyebrows.

莱译：Kong YiJi opened his eyes wide in indignation and replied, "How dare you, without a shred of evidence, besmirch a man's good name and even...."

反应：喜欢杨译的有 5 位，喜欢莱译的有 24 位，两者都喜欢的有 1 位。我们看到，莱译的 in indignation，a shred（of evidence），都是根据自己对场景的想象而自加的。喜欢杨译的读者评价它用词少却意义到位；喜欢莱译的读者评价它描述细致生动，文字力度更大、更有浸染力（stronger and more pervasive），更好地刻画了孔乙己的迂腐性格，阅读起来令人愉悦（entertaining），语言效果是"展现而不是讲述"。

原文 5）孔乙己立刻显出颓唐不安模样，脸上笼上了一层灰色，嘴里说些话；这回可是全是之乎者也之类，一些不懂了。在这时候，众人也都哄笑起来：店内外充满了快活的空气。

杨译：At once a grey tinge would overspread Kong Yiji's dejected, discomfited face, and he would mumble more of those unintelligible archaisms. Then everyone there would laugh heartily again, enlivening the whole tavern

莱译：There was an immediate change in Kong's expression. Now he looked totally crestfallen and his face was shrouded in grey. He kept on talking—more or less to himself—but every last bit of what he said was of the lo-forsooth-verily-nay variety that nobody could understand. At that point everyone roared with laughter, and the space within the shop and the space surrounding the shop swelled with joy.

反应：喜欢杨译的有 5 位，喜欢莱译的有 23 位，两者都喜欢的有 1 位，还有 1 位读者表示难以评价。我们看到，莱译的 more or less to himself，the lo-forsooth-verily-nay variety 都是译者根据想象自加的，roar 和 swell 也是两个富于张力的词汇。喜欢杨译的读者评价它简单易懂，其中有 2 位批评莱译冗长；喜欢莱译的读者评价它场景描写生动，通过行为很好地表现了人物的心理和感受，选词和语言风格很好，阅读起来有趣。另外，还有 2 位读者表示，莱译使用主题句加分述，将孔乙己的迂腐气表现于若干切开的句子，比杨译融入一个整句效果更好。

3.2.4.2 推理与阐释

在作品存有"不定点"（英加登，1988）的时候，读者更喜欢译文留下一定的阐释空间，或者译文阐释符合于逻辑的推理。在这一方面，莱译比杨译做得更好一些。

原文 1）大约孔乙己的确死了。

杨译：no doubt Kong Yiji really is dead.

莱译：guess he really did die.

反应：喜欢杨译的有 11 位，喜欢莱译的有 14 位，两者都喜欢的有 4 位，另有 1 位表示两个译文都不喜欢。对于"大约……的确"，如果从内容上分析，一方面是叙事者并不关心孔乙己，另一方面是隐含作者认定孔乙己必死无疑；如果从形式上分析，正是作家冷峻、晦涩的独特语言的表现。在国内理论界，杨译将语气转变成完全的肯定，曾受到陈宏薇(2000：68)的批评。喜欢杨译的读者认为它清晰、直接、有力；喜欢莱译的读者认为它给予了读者更多的悬念和想象的空间，其中有 3 位明确批评杨译翻译得过于肯定。

原文 2) 但他这回却不十分分辩，单说了一句"不要取笑！"

杨译：But instead of stout denial, the answer simply was："Don't joke with me."

莱译：This time Kong didn't try to put up any defense, but simply said, "Don't make fun of people！"

反应：喜欢杨译的有 10 位，喜欢莱译的有 13 位，两者都喜欢的有 7 位。我们看到，在翻译"不要取笑！"的时候，如果将取笑对象解释为 people 而不是 me，那么就可以推断，孔乙己并不认为自己有什么特殊，而是周围的人喜欢捉弄人。这样的阐释更能体现他的迂腐。喜欢杨译的读者认为它自然、简单、直接，更富于戏剧性地显示了孔乙己的痛苦；喜欢莱译的读者认为它准确、自然、生动，更好地反映了孔乙己的性格，其中 4 位明确表示，"Don't make fun of people！"比"Don't joke with me."更加准确、自然，有 1 位指出，"Don't joke with me."暗示孔乙己承认自己已经偷窃了，只是不愿别人提起，而"Don't make fun of people！"暗示孔乙己并不承认自己偷窃过。

3.2.4.3　情感疏离与情感融入

在翻译《孔乙己》时，杨氏在情感上往往与作品人物保持疏离，而莱尔在情感上融入很多。这主要是因为莱尔对鲁迅小说中的各型人物有着深刻的理解，在《鲁迅的现实观》（Lyell, 1976）一书中，他对鲁迅小说所反映的中国社会问题和各阶层人物进行了深入探讨。

原文 1) "孔乙己，你脸上又添上新伤疤了！"

杨译："Kong Yiji! What are those fresh scars on your face？"

莱译："Hey there, Kong YiJi, you've put a few new scars on that old face of yours!"

反应：喜欢杨译的有 11 位，喜欢莱译的有 11 位，两者都喜欢的有 8 位。原句是一个陈述句，杨译为疑问句，莱译为陈述句，我们能感觉到莱译用 new scar 和 old face 对比，深化了揶揄的意图，奚落的口吻更重。喜欢杨译的读者认为它简明清晰、形象直观；喜欢莱译的读者认为它选词灵活生动(如 Hey there、new scar 和 old face)，情感浓烈，更好地反映了周围的人群和孔乙己之间的关系。

原文 2) 孔乙己很颓唐的仰面答道，"这……下回还清罢。……"

杨译："That... I'll settle next time." He looked up dejectedly.

莱译：Looking up in despair, Kong replied, "This time... why don't I pay you back next time?..."

反应：喜欢杨译的有 13 位，喜欢莱译的有 12 位，两者都喜欢的有 5 位。孔乙己的答话在原文是一个陈述句，杨译保留，莱译改为疑问句。我们能看到，莱译在描写孔乙己的窘迫时，哀求、无奈的口吻更重。喜欢杨译的读者评价它清晰，用少数词就能达到要点；喜欢莱译的读者评价，孔乙己的回答包含了更多的信息，更感染人，更好地反映了人物性格。

原文 3) 我想，讨饭一样的人，也配考我么？

杨译：Who did this beggar think he was, testing me!

莱译："How does somebody who's not much more than a beggar have the right to test me?"

反应：喜欢杨译的有 13 位，喜欢莱译的有 14 位，两者都喜欢的有 3 位。这是叙事者小伙计自我思忖的话，原文用的是间接引语，杨译用的是自由间接引语，莱译用的是直接引语。我们看到，莱译为了突出小伙计的轻蔑情绪，将原文的间接引语变成了直接引语，not much more than a beggar 也系译者增加。这些都表明莱译融入了更多的情感。喜欢杨译的读者评价它简明、直接，符合小伙计口吻；喜欢莱译的读者评价它包含更多感情、更富于戏剧性。

以上调查结果表明，在情感问题上，一半的读者喜欢杨译的直接和简明，另一半的读者喜欢莱译的戏剧性情感和浓重口吻。

3.2.4.4　人物语言和叙事语言级差的紧缩与张扬

小说中孔乙己的语言常常包含着一些古语词，他的话语和叙事者话语之间在正式程度(formality)上存在着差异，作者借此表现孔乙己的迂腐。翻译中，杨译多运用文体级差小的词汇，对级差进行了紧缩；莱译则多运用文体级差大的词汇，对级差进行了张扬。

原文 1)"窃书不能算偷……"

杨译："taking books can't be counted as stealing..."

莱译："The purloining of volumes, good sir, cannot be counted as theft."

反应：喜欢杨译的 12 位，喜欢莱译的 13 位，两者都喜欢的 5 位。我们看到，莱译运用了 purloining of volumes, good sir, theft 等古语词或大词，而杨译的 take 和 steal 都属于普通词汇。喜欢杨译原因的在于译文自然直接、简洁易懂；喜欢莱译的原因在于故事性强、幽默有趣，其中有 8 位指出孔乙己话语中的古语词更好地表现了人物的性格和身份。

原文 2)"不多不多! 多乎哉? 不多也。"于是这一群孩子都在笑声里走散了。

杨译："Not many, I do assure you. Not many, nay, not many at all." Then the children would scamper off, shouting with laughter.

莱译："Few be my beans. Hath the gentleman many? Nay, he hath hardly any." At this point the children would scatter in gales of laughter.

反应：喜欢杨译的 13 位，喜欢莱译的 12 位，两者都喜欢的 3 位，还有 2 位表示无法判断。我们看到，在古语词的运用上莱译远超过杨译。喜欢杨译的原因在于语言自然易懂，有趣流畅，其中有 4 位表示不喜欢莱译陈旧过时的英语；喜欢莱译的原因在于它地道幽默，其中有 7 位认为古语词更好地表现了孔乙己的性格。

以上调查表明，莱译虽尽力将不同文体之间的差距拉得更大以突出孔乙己的迂腐性格，但是一半的读者是从自己的阅读便利出发，喜欢语言级差较小、易懂的英语，另一半的读者则能深入原文语境，喜欢书面的古体英语以再现人物的迂腐性格。

3.2.4.5　简洁与冗赘

在少数时候，莱译也会夹杂一些冗赘的信息，使得译文行文非常凝重。

原文 1) 孔乙己是这样的使人快活，可是没有他，别人也便这么过。

杨译：That was how Kong Yiji contributed to our enjoyment, but we got along all right without him too.

莱译：Old Kong was a delight to have around, but when he wasn't there, we managed to get along just as well without him too.

反应：喜欢杨译的有 12 位，喜欢莱译的有 10 位，两者都喜欢的有 8 位。我们看到，莱译的 when he wasn't there 和 without him too 是有重复的。喜欢杨译的读者评价它简洁直接，其中有 2 位明确批评莱译啰嗦；喜欢莱译的读者评价它自然地道、描写细致，其中有 2 位评价较之于杨译的 contribute，莱译的 was a delight to have around 更好。

原文 2) 鲁镇的酒店的格局，是和别处不同的：都是当街一个曲尺形的大柜台，柜里面预备着热水，可以随时温酒。

杨译：The layout of LuZhen's taverns is unique. In each, facing you as you enter, is a bar in the shape of a carpenter's square where hot water is kept ready for warming rice wine.

莱译：The layout of wineshop in Lu Town is different from that in other places.

You usually have a large counter in the shape of a carpenter's square facing on the street. Behind the counter, hot water is always on the ready so that wine can be warmed at a moment's notice.

反应：喜欢杨译的有 20 位，喜欢莱译的有 8 位，两者都喜欢的有 2 位。我们看到，莱译遵从字面，在译文第一句突出了 different from that in other places，似乎暗示读者，下文将要比较咸亨酒店和其他酒店的区别；在第二句两次出现 counter，功能词 so that 也使得句子行文较重，而且 facing on the street 是有问题的表述（有读者也这样反应）。在喜欢杨译的读者中，很多评价它流畅简洁，给读者的感觉是身临其境地进入酒店，他们认为莱译冗长、不连贯（choppy）；喜欢莱译的读者评价译文是主题句加上细节阐释，符合英语的行文习惯，译文的短句很好。

4 启 示

当下正是我国文化软实力输出、文学作品外译的高峰时期。本文的实证调查能够为中国文学经典外译中语言和文化因素的处理，提供一定的启示。

第一，词汇方面，读者喜欢张力大的词汇，富于隐喻、夸张、视听效果的词汇，会使阅读更有趣、更难忘；普通读者喜欢词汇的广用意义，即使是高频词的偶用意义，也不一定能为所有的读者理解和接受。

第二，句式方面，首先，在叙述一系列事件的时候，不可为了强调译文的简洁而将所有事件融入一个包含了主从句、非谓语形式、介词结构的高度形合的复合句之中。译者可以使用主题句（或导引句）加上系列分述，或直接使用小句并列或动词连动结构，这样能增加叙事的精彩。其次，读者不喜欢为了再现某一作家独特的语言风格而刻意重复，他们喜欢流畅、自然的英语。

第三，在文化词项翻译上，多数读者喜欢扩充说明或文内解释，他们不喜欢字面对应但难以理解的翻译，也不喜欢太多的脚注。

第四，在叙事方面，首先，读者不太喜欢高度忠实、字字对应的译文，因为这样的译文常常会被评价为"呆滞"或"白水"。他们喜欢根据场景、情节加上了译者理解和想象的译文。细节的生动，描写的形象，用语的幽默，能吸引更多的读者。其次，在没有生动的细节加入的时候，读者不喜欢使用较多的功能词辅助构成句子，或重复上下文中已经自明的信息。再次，读者喜欢译本能给他们留下一定的阐释空间，这样他们能够自己想象、回味；译者如果对不定点作出了阐释，他们也要求这些阐释符合逻辑的推理。最后，对于译者不同程度的情感融入，以及人物语言和叙事语言之间的级差，一半的读者(往往是有学术素质的读者)能感受到它们对于塑造人物性格和表达隐含作者隐蔽情感的作用，另一半的读者(往往是普通读者)则追求直白，他们往往是根据故事情节来判断语言的表层流畅性或叙事的逻辑性。文学外译中，可以根据读者对象的不同决定情感融入和语言级差。对于学术型读者，可以强调艺术性、隐喻性，情感融入、语言级差可以大一些；对于普通型读者，可以强调娱乐性、可读性，情感融入、语言级差可以小一些。

◎ 参考文献

[1] 陈宏薇. 从小说美学的角度看《孔乙己》英译文的艺术成就[J]. 外国语, 2002 (2): 62-68.

[2] 鲁迅. 孔乙己[Z]. 鲁迅选集第一卷[M]. 北京: 中国青年出版社, 1957: 15-18.

[3] 司显柱. 功能语言学视角的翻译质量评估模式——兼评《孔乙己》英译本的翻译质量[J]. 解放军外国语学院学报, 2005(5): 60-65.

[4] 杨宪益, 戴乃迭. Call to Arms[Z]. 北京: 外文出版社, 2006.

[5] 英加登. 对文学的艺术作品的认识[M]. 陈燕谷, 译. 北京: 中国文联出版公

司，1988.

[6] Lovell，J. *The Real Story of Ah-Q and Other Tales of China. The Complete Fiction of Lu Xun* [Z]. London：Penguin Classics，2009.

[7] Lyell，W. A. *Lu Xun's Vision of Reality* [M]. Berkeley：University of California Press，1976.

[8] Lyell，W. A. *Diary of a Madman and Other Stories* [Z]. Honolulu：University of Hawaii Press，1990.

第八章 传播学视角下鲁迅小说英译的传播与接受研究

1 引 言

鲁迅(1881—1936)是"现代中国最重要的作家与知识分子"(Lee, 1985：vii)。鲁迅小说剖析了旧社会弊端，揭示了国民性格病态，唤醒了"铁房子"里沉睡的民众。在语言和叙事上，它也掀起了一场革命。1926年梁社乾翻译的《阿Q正传》揭开了鲁迅小说英译的序幕，八十多年来共有十八位译者参与了鲁迅小说英译。(杨坚定、孙鸿仁，2010)在这些译文中，有三个是全译文，其余都是选译文。在国际学术界，鲁迅小说早被公认为世界文学(Thornber, 2014：468; Hashimoto, 2022：83)。2009年《狂人日记》《一件小事》的杨宪益与戴乃迭译文入选《朗文世界文学选集》(*The Longman Anthology of World Literature*, Vol. F)；2012年、2018年《狂人日记》《药》《阿Q正传》的威廉·莱尔(William A. Lyell)译文入选《诺顿世界文学选集》(*The Norton Anthology of World Literature*, Vol. F)第3版和第4版。2009年汉学家蓝诗玲(Julia Lovell)译的 *The Real Story of Ah-Q and Other Tales of China* 在企鹅出版社作为"企鹅经典"(Penguin Classics)出版。这一方面表明鲁迅小说的经典地位得到巩固，另一方面也标志着它进一步走近了大众读者。

　　国内对于鲁迅小说的传播与接受研究已有一定的积累。研究者主要从布迪厄的社会学、读者接受和文献分析等视角出发，重点研究杨氏译本、莱尔译本的翻译与接受情况。如蔡瑞珍（2015）总结出鲁迅小说在美国传播的"萌芽—萧条—复苏"三个阶段；张奂瑶（2018）阐述了鲁迅小说的王际真译本、杨氏译本和莱尔译本在美国总体不太乐观的接受状况；魏家海（2019）梳理了杨氏译文在美国经历的"遇冷—经典化—大众化"的过程。在国际学术界，徐晓敏（Xu，2011）比较了王际真、杨氏与莱尔译本，探究了不同历史时期特殊的政治对译本接受的影响；汉学家寇志明（Kowallis，2012）简要介绍了包括杨氏、莱尔和蓝诗玲在内的十二种译作，他批评了蓝译文具有地域色彩的英式英语和不准确的翻译，赞扬了杨氏的国际英语，和莱尔恰当的文体风格。

　　这些研究对鲁迅小说的传播与接受作出了很大贡献，然而这一领域仍有一些问题不清晰，包括：全球英语读者的最新接受情况（特别是对于新近的蓝诗玲译本）；影响作品传播的因素；提高传播与接受效率的对策。本文选取鲁迅小说三个影响最大的全译本，即杨氏译本、莱尔译本和蓝诗玲译本作为研究对象，对上述问题进行深入回答。

2　研究理论基础

　　本研究基于传播学的香农—韦弗模式。根据该理论，传播系统由五部分组成：信源，它从一组可能的讯息中选择合适的讯息；发射器，它将讯息改变为信号；讯道，它是传播信息的媒介；接收器，它是反向的发射器，将信号重新转换为讯息；信宿，它是信息传播的目的地。（Shannon & Weaver，1998：8，28）传播系统如图 8-1 所示：

　　在这个传播模型中，有两个问题需要我们注意。第一，每个因素的运行方式。怎样组织好信源的讯息，怎样设计好发射器的讯息传播方

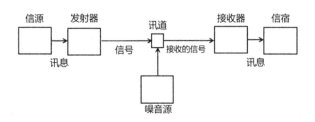

图 8-1　香农—韦弗传播系统

法，怎样拓宽讯道，怎样宣传讯息的特征以吸引接收器的注意，怎样分级传播、精准传播到信宿，是香农—韦弗模式需要拓展的内容。第二，系统外部的噪音控制。系统在传播讯息的时候，在不同的时空条件下，外部噪音因素的影响也会有强弱和焦点的不同，因此怎样在具体的时空条件下控制噪音、达到减熵，也是需要深化的研究问题。

3　传播学视角下鲁迅小说英译的传播与接受

3.1　信源

一般来说，信源包括原文本与原作者、译文与译者，我们这里只探讨译者和译本。

3.1.1　杨氏夫妇及其译本

杨氏夫妇是著名的中国文学和英国文学专家。他们早年在牛津大学获得学位，回到中国后从事了长达 60 余年的翻译工作。在自己多达 1000 万字的译文中，他们认为鲁迅作品的翻译最为重要。（雷音，2007）1953 年，他们翻译了鲁迅最负盛名的《阿 Q 正传》，此后几年，陆续完成《呐喊》《彷徨》《故事新编》33 篇小说的翻译。杨译文在多次的再版中，大多没有在序言对鲁迅生平及文学主题作介绍，但出版社加上了革命性的宣传内容。1972 年尼克松访华之前，很少有国外出版社对杨译鲁迅小说感兴趣；之后，则有很多国外出版社再版。表 8-1 是杨氏译文的主要出版情况。

表 8-1 杨氏译本的主要出版情况

出版时间	出版社	译本	备注
1953	外文出版社	*The True Story of Ah Q*	
1954	外文出版社	*Selected Stories of Lu Hsun*	包含 13 篇小说
1956—1960	外文出版社	*Selected Works of Lu Hsun Vol. 1-4*	卷一为小说卷，包含 18 篇小说
1960	卡梅伦出版社	*Chosen Pages from Lu Hsun*	包含 12 篇小说，未注明译者姓名
1960	外文出版社	*Selected Stories of Lu Hsun*	与 1956 年版本收录小说相同
1961	外文出版社	*Old Tales Retold*	
1972	纽约大学出版社	*Selected works of Lu Hsun*	基于外文出版社 1956—1960 版本
1973	牛津大学出版社	*Silent China*；*Selected Writings of Lu Xun*	包含五篇小说，译者仅署名戴乃迭
1977	诺顿出版社（W. W. Norton & Company）	*Selected Stories of Lu Hsun*	与 1960 年外文出版社版本相同
1981	外文出版社	*Call to Arms*	
1981	外文出版社	*Wandering*	
1981	印第安纳大学出版社	*The Complete Stories of Lu Xun*；*Call to arms*；*Wondering*	包含《呐喊》《彷徨》33 篇小说

续表

出版时间	出版社	译本	备注
2000	外文出版社	*Call to Arms*	双语版本
2000	外文出版社	*Wandering*	双语版本
2000	外文出版社	*Old Tales Retold*	双语版本
2002	香港中文大学出版社	*The New-Year Sacrifice and Other Stories*	包含 13 篇小说，双语版本
2003	香港中文大学出版社	*The True Story of Ah Q*	双语版本
2004	威尔赛出版社（Wildside Press）	*Selected Stories of Lu Hsun*	与 1960 年外文出版社版本相同
2014	创造空间独立出版公司（Createspace Independent Publishing）	*Selected Stories of Lu Hsun：The True Story of Ah Q, and Other Stories*	与 1960 年外文出版社版本相同

3.1.2　莱尔及其译本

莱尔 1971 年在芝加哥大学凭借鲁迅研究获得博士学位，此后在斯坦福大学中文系任教 30 余年。他生性正直热情，正如寇志明（2006：89）评说，"莱尔夫妇反对偏见，反对法西斯坚持的种族仇恨"。莱尔译文 *Diary of a Madman and Other Stories* 于 1990 年由夏威夷大学出版社出版，此前他出版了 *A Lu Hsun Reader*（1967）和 *Lu Xun's Vision of Reality*（1976）两本书。其译文包括了《呐喊》《彷徨》，以及唯一的文言小说《怀旧》共 26 篇小说，并配有 16 幅中国画风格的情节插图。在正文前莱尔撰写了长达 30 页的导读，详细介绍了鲁迅的生平与文学主题。他还为译文提供了 375 条脚注，对小说涉及的历史文化信息作了详尽的注释。

3.1.3 蓝诗玲及其译本

蓝诗玲是伦敦大学伯贝克学院的中国学教授，目前已翻译中国现当代小说 7 部，出版中国学专著 5 部。她的译文收录了包括《呐喊》《彷徨》《故事新编》《怀旧》全部 34 篇小说，也是收录最全的单译本。在正文之前，她编制了鲁迅年历表（3 页），介绍了鲁迅的生平（13 页），还列出了进一步阅读的文献目录（4 页）。这份导读拓展了国际读者的视野，并为他们后续的研究打下了基础。

3.2 发射器

本研究的发射器是指译文的出版社。

3.2.1 外文出版社

外文出版社成立于 1952 年，是一家致力于向外介绍中国哲学、文学、历史、文化与社会主义建设的机构。本着"让世界通过图书了解中国"的宗旨，它将大量的中国图书翻译为 40 多种语言，向世界全面、系统地介绍了中国的革命历程和文学艺术。同时，外文出版社还非常重视国际合作，因而杨译鲁迅小说被多家国外出版社再版。

3.2.2 夏威夷大学出版社

夏威夷大学出版社成立于 1947 年，由于地缘的缘故，它的主要业务是出版亚洲地区的文学、哲学、艺术经典。因追求完美的翻译质量，它在亚洲文学方面赢得了盛誉。（McBride，1994）在过去的 60 年里，夏威夷大学出版社出版了 100 多种中国哲学与文学书籍，例如 Jean James 翻译的《骆驼祥子》（1979），葛浩文（Howard Goldblatt）翻译的《中国现代小说》（1994）以及 Andrew Jones 翻译的《往事与刑罚》（1996）等。

3.3.3 企鹅出版社

企鹅出版社成立于 1935 年，它是世界上久负盛誉的文学出版社。一方面它重视经典平民化，另一方面又追求商业回报，因此其图书选择多具有"普世价值"、符合国际读者品位。目前，企鹅出版社已出版 100 多种中国哲学与文学经典，例如霍克斯（David Hawkes）翻译的《红楼梦》（1973—1980），闵福德（John Minford）翻译的《聊斋志异》（2006），葛浩文翻译的《蛙》（2014）等。

3.3 讯道

讯道是发射器与接收器之间的讯息通道，讯道容量越大，系统的熵越小，传播结果越好。在本研究中，讯道包括营销手段与图书形式。

3.3.1 营销手段

当代新书促销的手段非常多样化，然而传统的图书营销手段只有书展、读书论坛、报纸广告。杨氏与莱尔译本出版时互联网还没有出现，报纸是推广新书的主要手段。杨译本曾在 1955 年 11 月 26 日《世纪报》（澳大利亚）、1997 年 3 月 12 日《每日犹他报》（美国）和 2003 年 8 月 24 日《芝加哥论坛报》上宣传；莱尔译本曾在 1991 年 1 月 6 日《洛杉矶时报》上宣传。蓝译本出版后，企鹅出版社高效地运用了互联网进行宣传。它在英国采访了蓝诗玲，同步在中国采访了周令飞（鲁迅的孙子），还在"空中企鹅经典"频道上发布了三期节目，邀请蓝诗玲讲解鲁迅。这些视频在企鹅官网和 YouTube 都可以通过关键词"Lu Xun"检索到。在 2018 年 5 月的企鹅图书"短篇小说推广月"活动中，企鹅出版社在其推特上宣介了鲁迅小说，评价鲁迅是"现代中国文学之父，其作品给 20 世纪初到今日的中国以启示"。

3.3.2 图书形式

随着书籍媒介的革命，电子书也逐渐成为读者的喜爱形式。对于电子书的物质性、媒介性、技术性的评估，也成为翻译研究的基本问题之一。（O'Connor，2022：24）电子书价格低廉、阅读方便，读者可以通过智能手机、平板电脑和 Kindle 阅读器等随时随地阅读，因此更有利于传播。表 8-2 是三个译本的电子书情况。

表 8-2　三大电子书网站上的可读版本

	eBook. com	Google Ebook Store	Amazon Kindle Store
杨译本	《呐喊》2014. 西蒙—舒斯特出版社（Simon & Schuster）	《呐喊》2014. 西蒙—舒斯特出版社《鲁迅小说选》2016. 威尔赛出版社（Wildside）	《呐喊》2014. 西蒙—舒斯特出版社《鲁迅小说选》2015—2021. 亚马逊自售
莱尔译本	无	无	无
蓝译本	《鲁迅小说全集》2009. 企鹅出版社	《鲁迅小说全集》2009. 企鹅出版社	《鲁迅小说全集》2009. 企鹅出版社

这三家电子书平台均收录了蓝译本全书，以及杨译本的部分小说。此外，在线图书馆网站"Open Library"也提供了蓝译本全书和杨译本的部分小说资源。除了电子书，该平台还提供 AI 朗读的有声书。

3.4　接收器

本研究的接收器为书店、世界图书馆以及大学课程。由于书店销售量是商业秘密，我们无法得到准确的销售数字，因此我们将调查全球图书馆馆藏数目，以及国外大学课程对译本的选用。

3.4.1　全球图书馆馆藏

现代图书馆的作用相当于一个社区核心，在这里读者可以咨询专家、学习新技能、使用特殊的设备(Holzman & Lippincott, 2019：379)，因此全球图书馆对不同译本的收录，能反映专家对译文诗学、中国国家(国民)身份的判断，进而影响读者。通过 OOLC(联机计算机图书馆中心)下属的 Worldcat(全球最大的图书馆联合目录)平台，我们获取了三个译本在全球图书馆馆藏的详细信息，见表 8-3。

表 8-3　藏有鲁迅小说译本的图书馆数量

	书　　名	图书馆数量
杨译本	《鲁迅小说选》 (*Selected Stories of Lu Hsun*)	1010
	《鲁迅小说全集》 (*The Complete Stories of Lu Hsun*)	410
	《鲁迅作品选读》 (*Chosen Pages from Lu Hsun*)	160
	《鲁迅选集》 (*Selected Works of Lu Hsun*)	292
	《无声的中国》 (*Silent China：Selected Writings of Lu Hsun*)	518
莱尔译本	《狂人日记及其他小说》 (*Diary of a Madman and Other Stories*)	1514
蓝译本	《鲁迅小说全集》 (*The Real Story of Ah-Q and Other Tales of China*)	475

从表 8-3 中我们看到，若论单独版本，莱尔译文拥有最大的馆藏量，这充分说明莱尔译文的魅力。若论版本总和，则杨氏最多，因为他

们的译文在当代诞生最早，且版本最多。蓝诗玲译文出现最晚，暂时没有被更多的图书馆收藏。

3.4.2　大学课程的教材选择

教材往往包含使用者推崇的隐含规范和价值；它们传递身份的建构；它们生成感知世界的模式。（Fuchs & Bock，2018：1）西方大学的教育者作出选择的时候，会考虑到三个译本的译者所持的隐蔽价值观，以及他们对中国社会以及鲁迅不同身份的建构。这一点我们在下文会谈到。我们调查了英美 34 所汉学研究成就卓著的大学的阅读书单，发现鲁迅小说译本多在中国文学课上使用；它也是部分中国政治和世界文学课程的阅读书目，具体见表 8-4。

表 8-4　国际著名大学使用鲁迅小说译文的版本情况

所用译本	大学	大学数量
杨译本	加州大学伯克利分校	18
	爱丁堡大学	
	堪萨斯大学	
	罗格斯大学	
	加州大学戴维斯分校	
	南加州大学*	
	奥尔巴尼大学	
	布朗大学	
	布兰迪斯大学	
	哥伦比亚大学	
	东北大学	
	海波特大学	
	维克森林大学	

续表

所用译本	大学	大学数量
杨译本	克拉克大学	18
	迈阿密大学	
	得克萨斯州立大学	
	美国公公大学	
	杨百翰大学爱达荷分校	
莱尔译本	夏威夷大学	10
	华盛顿大学	
	肯塔基大学	
	南加州大学*	
	加州大学圣巴巴拉分校	
	宾汉姆顿大学	
	佐治亚西南州立大学	
	哈佛大学	
	布鲁姆社区学院	
	威斯康星大学	
蓝译本	天普大学	7
	密歇根大学	
	弗吉尼亚大学	
	佛罗里达大学	
	内华达大学里诺分校	
	北卡罗来纳大学格林斯伯勒分校	
	威廉玛丽大学	

注：南加州大学对不同的故事选用不同的译本

　　在这 34 所大学中，有 18 所选用了杨译本，占到总数的一大半。在 20 世纪 90 年代前，莱尔的译文尚未出版，杨译本是"全美学界唯一的教材"(Liu,1989:352)。此外,杨氏的译文也被收入一些文学选集,比如刘绍铭等编撰的《哥伦比亚中国现代文学选集》(*The Colombia Anthology of Modern Chinese Literature*)和夏志清等编撰的《现代中国中短篇小说》(*Modern Chinese Stories and Novellas*)。然而恰恰是杨氏极高的声誉才让他们的译文有了更广的传播。夏志清曾说过,考虑到杨氏夫妇是中国大陆权威的翻译家才选用他们的译文,事实上,他个人认为王际真的翻译质量更佳。(夏志清、董诗顶,2011:97)

另外,外文出版社、香港中文大学出版社、中国文学出版社、新世界出版社,都出版过双语对照的鲁迅小说,底本都是杨氏译文,他们准确而忠实的译文非常适合学生对照学习语言和翻译。亚马逊 Kindle 电子书商店中,鲁迅小说汉英对照电子书选用的也是杨译本。寇志明(Kowallis,2012:197)曾指出,双语文本可能是"课堂上唯一可被接受的版本",这也是杨译本能被国际学生广泛使用的原因之一。

莱尔译本出版后,刘禾(Liu,1989)曾经讨论过其译文是否会取代杨译本在课堂上的地位。她首先从多方面称赞了莱尔译文,随后指出莱尔过多的注释可能无法给读者留下自己的解读空间,因而干扰了学生的发散思维,阻碍了他们的创意阅读。这或许能解释莱尔译本之所以没有被更多大学采用的原因。

也有一些大学选择了蓝诗玲译本。考虑到其较晚的出版时间,它的接受度已经比较可观了。蓝译文以读者为中心,多用归化的翻译方法,因而译文流畅易读。除了扎实的文字功底外,正文前融入了当代最新鲁迅研究成果的学术性导读,将鲁迅置于当代国际语境中,让国际学生产生共鸣、易于接受。这些特色是大学选择她的译文作为教材或教辅的原因。

3.5 信宿

本文的信宿是指读者群体,它可分为两类:从事学术研究的专业读者和具有阅读兴趣的大众读者。对于前者的接受，我们可以从学术期刊的书评和学术专著的评论部分了解；对于后者，我们可以从大型图书网站的读者评论了解。

3.5.1　专业读者评价

书评是作者、书籍、读者之间的重要纽带，并且在美学和市场导向上，它支撑着文学世界。（Squires，2020：121）三种译本都有专业读者的书评，它们主要是从文学和政治两个角度进行评论，对同时代的读者审美和购书行为都有很大影响，详见表 8-5。

表 8-5　各译本专业读者的书评

	书评数	发表期刊
杨译本	5	《域外图书》，1954 《劳工月报》，1961 《中国季刊》，1974 《国际小说评论》，1975 《今日世界文学》，1983
莱尔译本	4	《现代中国文学与文化》，1989 《中国文学》，1993 《今日世界文学》，1991 《伦敦大学亚非学院学报》，1992
蓝译本	2	《时代》，2009 《泰晤士报文学增刊》，2010

对杨氏译本的书评可以分为两个阶段。在 20 世纪五六十年代，由于中国与西方政治上失和，杨译本仅有两篇书评，一篇是负面批评，另一篇则从政治角度给予了褒扬。刊登在《域外图书》的一篇《阿 Q 正传》的书评将这部作品描述为"一个奇怪的故事"，并认为这本书可以算是

"对苦力的研究，或者是对共产主义解读的研究"（Buchanan，1954：225）。而受英国共产党支持的《劳工月报》的书评则指出，读鲁迅小说能让人意识到"腐朽的封建制度和外国殖民统治对人民的影响"（Green，1961：495）。20 世纪 70 年代中美关系开始缓和，文学、文化传播的障碍也逐步移除，杨译本得到了更加客观、正面的评价，鲁迅作品的内涵也得到了确切的解读。如书评人拉福利（Lavery，1974：182）指出，"鲁迅唤醒了年轻人……激发他们勇敢地呐喊，无畏地前进"。对于杨译本的可读性，读者有着不同的观点。汉学家何谷里（Hegel，1983：171）称赞杨译本"用英文忠实而全面地呈现了鲁迅富有创造力的笔法，它应该列入 20 世纪中国文学或世界文学的课程书单"。寇志明（Kowallis，2012：206）认为，杨氏译文的流畅性虽有所欠缺，但其平实的语言、通俗的文体能为国际读者所接受。汉学家邓腾克（Denton，1993：174）则评论说"杨译本语言过于正式、僵化，对于美国读者来说，他们英式译文让这部外国作品更显陌生"。比较文学学者坦布林（Tambling，2007：5）认为"杨译本的英式英语应受到批评，它没有表现出鲁迅创造性的写作风格"。

莱尔译本出版后受到学术界的普遍好评。如奥克兰大学的希拉里·钟教授（Chung，1992：169）称赞说，"莱尔使用生动而通俗的美式英语，做到既忠实于原文的文字，又传达原文的精神"。此外，莱尔的一些新颖而睿智的翻译技巧也受到读者高度的评价。如寇志明（Kowallis，2012）和邓腾克（Denton，1993）都提到了他在《药》《示众》《长明灯》中使用了一般现在时，这在英文小说中非常罕见。邓腾克（Denton，1993：175）认为这样的处理是"神来之笔"，因为它"能够捕捉到原文拍摄电影般的神韵，还能增强叙事者的讽刺和疏离"。然而莱译本的另一个特点——大量使用脚注，却受到不同的评价。汉学家杜迈可（Duke，1991：363）认为这些注释是"宝贵的"，因为注释可以"让读者更好地明白鲁迅作品中的讽刺寓意，深刻地理解鲁迅的文学成就和思想立场"。坦布林

(Tambling, 2007：5)评论说"莱尔使用的美式英语,韵味十足,俚语丰富""学术性的注释为中文提供了语境信息,很有帮助"。但邓腾克(Denton, 1993)则认为这些注释会分散读者注意力,干扰阅读过程,也让文学作品过于学术化。

蓝诗玲译本出版后得到很多积极的评价。如美国历史学家华志坚(Wasserstrom, 2009：47)称,在鲁迅众多译本中它是"最容易理解的",它让鲁迅"在中文世界以外获得了声誉"。英国汉学家吴芳思(Wood, 2010：24)认为蓝译文"富有激情、才智和黯然怀旧之情,有望被更多读者欣赏"。但是蓝译本也受到了严厉的批评,如寇志明(Kowallis, 2012：199)认为她直接、简洁的文字违背了鲁迅有意的晦涩和冷峻;为了阅读顺畅而少用注释,也有损鲁迅"明显的现代性特点"。他还批评蓝译文有"让人疲乏的英国味"(ibid：206)。

3.5.2 大众读者评价

当代数字文化逐渐消除了传统印刷文化造成的评价障碍,大众读者热切地穿戴起专家型评论人的衣帽,自己做起评论起来(Murray, 2019：46)。作为传播系统的最终点,大众读者的评价一方面反映了鲁迅小说的国际接受,另一方面也影响了潜在读者的购买行为。本文从好读(Goodreads)和亚马逊(Amazon)两个图书网站上收集了三种译本的读者评分及评论,具体数据详见表8-6。

表8-6 三种译本的评分与评价

	好读		亚马逊	
	评分	书评数	评分	书评数
杨译本	3. 89星 522人打分	60条	4. 2星 19人打分	11

续表

	好读		亚马逊	
莱尔译本	3. 93 星 1969 人打分	161 条	4. 4 星 58 人打分	18
蓝译本	3. 92 星 1015 人打分	86 条	4. 6 星 130 人打分	39

我们进一步筛选出读者对翻译质量的评价，如表 8-7 所示。

表 8-7 对翻译质量的评价

	翻译质量评价	正面评价	负面评价	中立或混合评价
杨译本	8 条	1 条	4 条	3 条
莱尔译本	11 条	5 条	3 条	3 条
蓝译本	15 条	7 条	6 条	2 条

虽然大多数读者都能通过译文认识到鲁迅的伟大，但评价却显露出一些差异。总体说来，读者对于杨氏译文评价还是比较好的。在互联网尚未出现的年代，外文出版社收到很多来自美国、英国、印度、澳大利亚以及其他国家的读者来信，他们对鲁迅作品给予了高度的评价。例如一位美国读者来信称"鲁迅通过文学批评了封建社会"（廖旭和，1987：60）。此类信件表明，鲁迅思想已成功通过译文传达出来。然而杨译本的评分比另两个译本要低，对于翻译质量还有一些负面评价。比如三位读者都提到该译本"缺少了什么"。读者 Wallace 认为杨氏译文"冗长、书面化、文绉绉"，与鲁迅原作的风格相去甚远，读者 Evan 则用"非常不好"来形容杨氏的翻译，并推荐读者阅读蓝译本。有趣的是，杨译本在中国读者中却广受好评。在当当网上，双语对照版本的《彷徨》收到440 条评价，好评率百分之百。这说明双语版的杨译本对于中国学生来说，是学习英语和翻译的优秀材料。

莱尔译本在好读上得到的评价最多、评分最高。读者 Whitaker 认为莱尔对英语习语的运用"得体合理，能让读者感受到鲁迅作品的创造性精神"。读者 Tomcat 评论称莱译"将原文的精神体现在美式英语之中"。读者 Moss 指出莱尔"大量运用现代美式英语的表达，比平实的杨译本更有生机"。读者 Arkadi 认为，莱译的脚注详细充实，有效地帮助自己理解了原文。然而他依然认为"鲁迅作品的精彩内容很多都在译文中遗失了"。而且莱尔故意"土气"的英语也并非人人欣赏，有两位读者就认为他的译本"平淡""过于流畅"。

蓝诗玲译本在亚马逊得到的评价最多、评分最高。多数评价非常高，如"令人印象深刻""流畅、清晰、可接受""仿佛原作就是英文""如果想要获得哲思与愉悦，这就是最佳的选择"。但也有少数读者给予了尖刻的批评，如读者 Fiana 评论称"词汇和句子非常糟糕，让译文缺失了一些东西"。近两年蓝译本的销售不断增长，在好读上的读者评分也显著增加；在亚马逊书籍畅销榜单上，蓝译本的排名为第 516947 名，高于莱译本(第 755021 名)以及杨译本(第 854564)。

4　噪音源和减熵

除了上述的五个因素，传播的效果很大程度上受噪音与熵的影响。

4.1　噪音源

在传播系统中，噪音是指并非信息源有意附加在信息里的东西。(Shannon & Weaver, 1998：8) 在本研究中，噪音源涉及政治、诗学、身份建构、出版社声望倾向中，一些不利传播的因素。

4.1.1　政治因素

杨氏译文最初出版于一个国际、国内政治动荡的年代，因而时政对其接受影响很大，他们的出版历程见证了国际关系的亲疏起伏。1972
年尼克松访华是分水岭。在此之前多数美国公众对鲁迅作品不感兴趣，
认为它不过是革命输出的一种手段。在 1960 年版的杨译《鲁迅小说选》
的书勒上，鲁迅被描述为"中国现代文化和革命的主要奠基人……鲁迅
早年是一位支持革命的民主主义者，后来成长为共产主义者"（Yang &
Yang，1960）。客观上说，这种政治主题的导引与西方大众的阅读预期
是相违背的。1972 年后，中美关系缓和，西方国家开始对中国的意识
形态和文学表示理解，并渐渐接受。这个阶段的书评也趋正面，越来越
多的大学也将杨译鲁迅小说纳入大学教材。

　　莱尔译文出版于中美关系的蜜月期。在 1978 年中国改革开放以及
中美建交之后，西方世界开始了解中国、同情中国，并对中国施以援
助。在 20 世纪 80 年代，七场鲁迅主题的国际研讨会分别在美国、法
国、德国、苏联、印度以及中国举办。此时，学人们从中国的现代性、
青年教育、文学改革等视角解读鲁迅思想，不再局限于革命精神。莱尔
吸收了最新的研究成果，并将它们融入正文前 30 页的导读中。这也反
映在莱尔译文是单本在世界图书馆藏书中最多的事实上面。

　　蓝诗玲的译本出版于 2009 年，此时中国已经经历了许多政治、经
济和文化的变革。一方面，中国综合国力不断加强，国际影响力不断提
升；另一方面，中国也经历了诸如部分国有企业衰退、个别官员贪污腐
化、中美贸易摩擦等一系列事件。在此语境下，西方读者对于蓝诗玲译
本的评价也变得复杂起来。一方面，专家读者希望能重振鲁迅的批判精
神，革新社会思想和体制；另一方面，尽管部分大众读者不再像 20 世
纪 80 年代那样对中国富有热情和同情心，但仍有不少读者希望通过阅
读鲁迅小说了解中国社会的传统结构和国民性格。

4.1.2　诗学

　　诗学是指艺术的形式要素，如韵律、可译性、忠实与方法论、等值

与差异、措辞与句法等方面的问题（Barnstone，1993：6）。三个译本的译者，通过不同的语言形态表现出独特的诗学倾向，适合不同时代、不同地域的读者口味。

杨氏译文以语言准确、意义忠实而闻名。杨宪益认为译者不能解释、夸大、增减、改变任何原作内容。（杨宪益、文明国，2011：4）他们的译文忠实朴素，简练文雅，然而在某些地方有些僵硬、失之生动，在小说的主题呈现上也有所损失。

莱尔译文突出的特点是准确地再现了鲁迅的语言特色。为了复现鲁迅的政治诉求和文学个性，他使用了"夸张的风格和果戈里式语言"（Lyell，1990：xxxix-xl），并通过大量脚注深度阐释了中国的历史与文化。他创造性的术语与表达方式，让英语读者领会到鲁迅复杂苦闷的彷徨心态，和民国时期的"中国风情"。然而对于一部分读者来说，莱尔丰富的注释会被认为是"文献记载"而不是"文学欣赏"，他果戈里式的语言也被一些读者认为"不够流畅"。（这是蓝诗玲与笔者通信中的观点）

蓝诗玲译文以其流畅性和趣味性让读者甘之如饴。她极其重视"原初阅读体验忠实的再创造"（Lovell，2009：xliv），因此她将阅读的轻松、愉悦、移情置于首位。为了达到这一目的，她让译文和原文若即若离，运用反讽、戏仿、隐喻、移就等修辞手法，使得语言丰富、生动。她还将大量中国制度和哲学思想转换成英语中的近似词，最小程度地使用脚注和尾注。然而她的译文也被一些读者批评为丢失了鲁迅的语言风格，带有一定的"英国腔"（Kowallis，2012：206）。

总体而言，莱尔译文是美式英语，杨氏译本和蓝诗玲译本是英式英语。因为诗学的差异，莱译文让美国读者更易接受，蓝译文让英国读者更易接受。由于杨译文的英式味道较淡，因此比较适合全球读者阅读。

4.1.3　鲁迅和中国（国民）身份建构

杨宪益是通过革命和阶级斗争来建构鲁迅和中国身份的。他的认知观体现在他的挚友、官方指定的鲁迅小说解读者——冯雪峰所撰写的 *Lu Xun Selected Works* 前言上：鲁迅既是坚韧的斗士，也是高超的艺术家，他打破了文学的禁忌，扩大了意识形态斗争的范围，为他自己和读者冲出一条血路（Yang & Yang 1956：24-25）；鲁迅小说深刻地反映了中国的阶级斗争和革命问题（ibid：27），它是对帝国主义、封建主义、人民压迫者、腐朽黑暗势力的战斗宣言（ibid：28）。莱尔通过从社会阶层（hierarchy）来分析鲁迅小说的中国社会（Lyell，1990：xxxviii；1976：144），并认为阶层分化是中国的噩梦（Lyell，1990：xxxviii）。他将鲁迅小说中的人物分为知识分子（Lyell，1976：141）、女性阶层（ibid：209）、劳工阶层（ibid：224）、反叛阶层（ibid：246）、普通人民（ibid：255）。其中知识分子又包括三个类型——传统型、中间型、现代型，而鲁迅的身份是中间型（ibid：162）；女性阶层又包括中等阶层的城市女性、下等阶层的农村女性（ibid：209-224）。莱尔借鲁迅之口批评中国人缺乏"爱"（love and compassion）与"诚"（honesty and integrity）（Lyell，1990：xxxi）。蓝诗玲则是在新时代语境下立体地看待鲁迅身份和中国现代性的。她认为鲁迅在今天仍然是思想、道德的典范，并同意鲁迅的观点"国民性格是现代中国危机的核心问题"（Lovell，2006：4）。在文学造诣和人文高度上，她认为"鲁迅是狄更斯和乔伊斯的合二为一：深刻冷峻地观察时代，重新塑造语言和形式"（Lovell，2010）。蓝诗玲还指出，鲁迅是中国最早与诺贝尔文学奖有联系的作家，鲁迅拒绝诺奖提名，在她看来有四个原因，包括鲁迅认为中国当代文学与西方文学相比有很多不足，西方是否未必充分认识中国文学的成就，并将他的身份与作为集体国民的其他作家区分开来，等等。（Lovell，2006：83-84）翻译家处于不同的年代和不同的国度，对鲁迅及其小说有着不同的理解，进而影响到图书馆、大学课堂、读者的选择。

4.1.4　出版社的声望倾向

作为一种象征性资本（Bourdieu，1993：75），出版社声望是读者购买图书时重要的决定因素。在这三家知名出版社中，外文出版社的主要目标是宣传中国政治立场和介绍中国文学，夏威夷出版社的主要目标是传承亚洲哲学与文学经典的研究，企鹅出版社的主要目标是推广全球具有人文关怀与愉快体验的文学经典。出版社的定位差异、口碑声望，也会让读者作出不同的选择。世界图书馆馆藏莱尔译本的数量远多于蓝诗玲译本的数量，表明国际文化界对莱尔学术性译文的倚重；近年来蓝诗玲译文大众读者不断增加，则表明普通读者对"普世价值"、愉快阅读的追求，而这正是企鹅出版社的目的。

另一个有趣的现象是，在杨译文的众多版本中，来自大型知名出版社的版本受到了专业读者的评论，也更为普通读者关注；小型出版社出版的版本则反响较少。在杨译文的五篇评论中，三篇是评论外文出版社版本，两篇是评论牛津大学出版社版本和印第安纳大学出版社版本。小型出版社版本在网上评分也很少，书评则完全没有。例如在亚马逊网站，来自香港中文大学出版社、创造空间独立出版公司、威尔赛出版社的译本，只分别受到 0，0，4 次评分。

4.2　减熵

在传播学理论中，熵是用来衡量信息传递中混乱与不可预测的程度。如果传播系统井然有序，没有很大的随机性，那么熵值就会很低。（Shannon & Weaver，1998：12）为了提高信息传播的效率，就必须减熵。对于鲁迅小说传播系统，可以从四个方面实现减熵。

4.2.1　电影伴行

在接触文学文本之前或同时，读者若能观看由原作改编的电影（配上英文字幕），他们阅读文本的热情就会被大大激发。在中国文学外传中有过这样成功的先例，如《活着》《大红灯笼高高挂》《红高粱》等。国内根据鲁迅小说改编的电影共有八部，分别是《药》《铸剑》《阿 Q 正传》

《伤逝》《祝福》、《鲁镇传说》(改编自《孔乙己》)、《采薇》以及《孔乙己》，其中后两部是动画电影，其余电影均由知名导演和演员参与制作。此外，70分钟的纪录片《鲁迅传》也能引导读者理解鲁迅的文学思想和人文情怀。

4.2.2 特色宣传

在当代社会图书销售中，提前告知新书特征的宣传单是重要的促销手段（Clark & Phillips，2020：266-270）。三种译本具有不同的诗学风格，能行使不同的阅读功能，读者会表现不同的反应。杨氏译文适合意欲通过语言对照学习汉语、英语和翻译的读者；莱尔译文适合意欲研究中国文学和文化的读者；蓝诗玲译文适合意欲了解中国、追求阅读娱乐的读者（Kowallis，2012：213）。这些不同的特色需要出版社着力宣传。于读者方面，在明了自己的阅读目的之后选择所需译本，能得到最大的收获，也有利于鲁迅小说的顺利接受。

4.2.3 分层传播

在传播系统的信宿中，鲁迅小说的读者群可分为三类：专攻汉学和中国文学的学者，学习中国学或汉语的大学生，以及大众读者。前两类可以对应信宿中的专业读者。

通常说来，新的译作首先会被专业学者注意到，他们会在学术期刊或读书类杂志上发表书评，并选择该译本作为教材或教辅。这是传播的第一层级。之后，大学的学生群体会研读该译本，撰写论文，发表在学术期刊或通俗杂志上，让该书在大众中产生更大的知名度。这是传播的第二层级。普通读者在获悉之后，会购买并阅读，然后将该书推荐给更多的朋友。这是传播的第三层级。一个有效的传播体系不仅会注重每一层级的传播，也会注重各层级的互动。出版社可以组织包括三类读者的阅读论坛，记录他们新的解读，并在征得他们同意后将这些新思想登在出版社网站上，让其他实际读者和潜在读者受益。

4.2.4 对周围系统开放

鲁迅小说的传播与接受是一个自足的传播系统。根据热力学第二定律，孤立的系统会切断与环境的能量交换，并形成熵。为了减熵，系统必须保持开放，保证与环境的能量交流。正如谢曼（Sherman，2018：209）指出，"一个封闭的系统［……］会趋向平衡，这样所有构成因素都会被摧毁。一个开放的系统，如果不断输入外部能量，就会形成'稳态'而非平衡"。我们认为，如果鲁迅小说传播系统向相邻学科开放，并且和周边环境交换物质和能量，其传播效率将会更高。它可以与下面的系统交流能量：①教育研究。鲁迅小说中包含着丰富的儿童与青年教育思想。他的作品提示，教育者应该理解儿童、尊重儿童的秉性，让他们从劣根性的污染中解放出来。鲁迅还通过小说教导青年要充满热情、活力，发展自己的道德品质，培育独立深刻的思考，奉献祖国，还要树立正确的爱情与婚姻观念。②文化研究。鲁迅在小说中植入了中国传统文化的观念，例如儒家思想、道家思想以及女性思想，他还推崇了包括新文学、国民性思考以及文化反思在内的现代文学。他强调汉语语言和国民意识都应输入外国的血液，打破旧思想的桎梏，客观上加快了中国现代化的进程。③社会学研究。鲁迅在小说中剖析了中国社会，揭示了农村落后、性别不平等、地域差距、社会分层等问题。他展现了一种理性的"人—社会—国家"的关系，他的研究方法对社会学研究也有启示意义。

5 结　语

本章采用传播学最经典的模式——香农—韦弗模式，探讨了鲁迅小说三个最重要译本在传播过程中的五个因素，以及系统的噪音分析、减熵建议，以期让鲁迅小说在英语世界的传播更加快捷、有效。事实上，其他的一些传播模式也可以用来探讨鲁迅小说的海外传播。比如拉斯韦尔模式的五因素传播、赖利夫妇模式的分级传播、马莱兹克模式中影响传播者的五因素、影响接受者的四因素、影响讯息的两因素，都能为优化鲁迅小说的传播和接受提供很大的研究空间。我们盼望着传播学的拓展和运用，能让中国文学经典向世界走得更远、更久。

◎ 参考文献

［1］Barnstone, W. *The Poetics of Translation* ［M］. New Haven & London：Yale University Press, 1993.

［2］Bourdieu, P. *The Field of Cultural Production*［M］. New York：Columbia University Press, 1993.

［3］Buchanan, P. Review of *the True Story of Ah Q*［J］. *Books Abroad*, 1954, 28(2)：224-225.

［4］Chung, H. Review of *Diary of a Madman and Other Stories*［J］. *Bulletin of the School of Oriental and African Studies*, *University of London*, 1992, 55(1)：169-170.

［5］Clark, G. & A. Phillips. *Inside Book Publishing* (6 ed.)［M］. London & New York：Routledge, 2020.

［6］Denton, K. Review of *Diary of a Madman and Other Stories*［J］. *Chinese Literature：Essays, Articles, Reviews*, 1993(15)：174-176.

［7］Duke, M. S. Review of *Diary of a Madman and Other Stories*［J］. *World Literature Today*, 1991, 65(2)：363.

［8］Fuchs, E. & A. Bock. Introduction［A］. in E. Fuchs & A. Bock (eds) *The Palgrave Handbook of Textbook Studies*［C］. Macmillan：Palgrave, 2018.

［9］Green, N. Review of *Selected Stories of Lu Xun*［J］. *Labour Monthly*, 1961(10)：495-496.

［10］Hashimoto, S.. Intra-Asian Reading；or, How Lu Xun Enters into a World

Literature[A]. in Chiu, K. F. & Zhang, Y. J. (eds) *The Making of Chinese-Sinophone Literatures as World Literature*[C]. Hong Kong: Hong Kong University Press, 2022: 83-102.

[11]Hegel, E. R. Review of the *Complete Stories of Lu Xun*[J]. *World Literature Today*, 1983, 57(1): 170-171.

[12]Holzman, A. & S. K. Lippincott. Libraries[A]. in A. Phillips & M. Bhaskar (eds). *Oxford Handbook of Publishing*[C]. Oxford: Oxford University Press, 2019: 379-397.

[13]Kowallis, J. On Translating Lu Xun's Fiction[J]. *Studia Orientalia Slovaca II*. 2012(2): 193-213.

[14]Lavery, M. Review of *Silent China*[J]. *The China Quarterly*, 1974(57): 182-184.

[15]Lee, L. O. *Lu Xun and His Legacy*[M]. Berkeley: California University Press, 1985.

[16]Liu, L. H. Reviewed work: *Complete Poems: A Translation with Introduction and Annotation* by Lu Xun, David Y. Ch'en; *Diary of a Madman and Other Stories* by Lu Xun, William A. Lyell[J]. *Modern Chinese Literature and Culture*, 1989, 5 (2): 351-353.

[17]Lovell, J. *The Politics of Cultural Capital*[M]. Honolulu: University of Hawaii Press, 2006.

[18]Lovell, Julia. *The Real Story of Ah-Q and Other Tales of China*[M]. London: Penguin Classics, 2009.

[19]Lovell, J. China's conscience[N]. *The Guardian*, 2010-06-10.

[20]Lyell, W. A. *Lu Hsün's Vision of Reality*[M]. Berkeley: University of California Press, 1976.

[21]Lyell, W. A. *Diary of a Madman and Other Stories*[M]. Honolulu: University of Hawaii Press, 1990.

[22]McBride, D. Profile: The University of Hawaii Press[J]. *Translation Review*, 1994, 44-45(1): 1-10.

[23]Murray, S. Authorship[A]. In A. Phillips & M. Bhaskar (eds). *Oxford Handbook*

of Publishing［C］. Oxford：Oxford University Press，2019：39-54.

［24］O'Connor，A. Media and Translation：Historic Intersection［A］. in E. Bielsa（ed） *The Routledge Handbook of Translation and Media*［C］. London & New York： Routledge，2022.

［25］Shannon，C. and Weaver，W. *The Mathematical Theory of Communication*［M］. Champaign：University of Illinois Press，1998.

［26］Sherman，T. F. *Energy*，*Entropy and the Flow of Nature*［M］. Oxford：Oxford University Press，2018.

［27］Squires，C. The Review and the Reviewer［A］. in A. Baverstock，R. Bradford & M. Gonzalez. *Contemporary Publishing and the Culture of Books*［C］. London & New York：Routledge，2020.

［28］Tambling，J. *Madman and Other Survivors*：*Reading Lu Xun's Fiction*［M］. Hong Kong：Hong Kong University Press，2007.

［29］Thornber，K. L. Rethinking the World in World Literature：East Asia and Literary Contact Nebulae［A］. in D. Damrosch（ed）*World Literature in Theory*［C］. New York：Wiley Blackwell，2014：460-479.

［30］Wasserstrom，J. China's Orwell［N］. *Time International*，2009-12-07.

［31］Wood，F. Silent China［N］. *The Times Literary Supplement*，2010-01-22.

［32］Xu，X. M. A comparative study of English translations of Lu Xun's works［J］. *Babel*，2011(57)：324-341.

［33］Yang，J. D. & Sun，H. R. Review on English versions of Lu Xun's fictions［J］. *Lu Xun Research Monthly*，2010（4）：49-52.

［34］Yang，X. Y. & Yang，G. *Selected Works of Lu Xun*［M］. Beijing：Foreign Languages Press，1956.

［35］Yang，X. Y. & Yang，G. *Selected Stories of Lu Hsun*［M］. Beijing：Foreign Languages Press，1960.

［36］蔡瑞珍. 文学场中鲁迅小说在美国的译介与接受［J］. 中国翻译，2105(2)： 37-41.

［37］寇志明. 纪念美国鲁迅研究专家威廉·莱尔［J］. 鲁迅研究月刊，2006（7）：

88-90.

[38]廖旭和. 外文出版社出版的鲁迅著作[J]. 鲁迅研究动态, 1987(3)：60.

[39]雷音. 杨宪益传[M]. 香港：明报出版社, 2007.

[40]魏家海. 鲁迅小说杨译本在美国的传播与接受[J]. 燕山大学学报, 2019(4)：17-25.

[41]夏志清, 董诗顶. 王际真和乔志高的中国文学翻译[J]. 现代中文学刊, 2011(1)：96-102.

[42]杨坚定, 孙鸿仁. 鲁迅小说英译版本综述[J]. 鲁迅研究月刊, 2010(4)：49-52.

[43]杨宪益, 文明国. 杨宪益对话集[M]. 北京：人日报出版社, 2011.

[44]张奂瑶. 鲁迅小说英译本在美国的接受研究[J]. 北京第二外国语学院学报, 2018(5)：84-96.

第九章　新世纪以来鲁迅研究的国际趋势
——基于 Web of Science 的计量分析

1　引　言

英语世界的鲁迅研究肇始于美国学者 Robert Bartlet 1927 年发表于 *Current History* 的 Intellectual Leaders of the Chinese Revolution（郑心伶、梁惠玲，1992：101），迄今已有近百年的历史。由于传播速率限制和意识形态隔阂，早期的鲁迅研究发展缓慢。至 1972 年中美建交，随着经济政治格局缓和，美国文学场域对中国文学更加兼容并包，对鲁迅的译介研究"也获得拓展与延伸，开始出现复苏繁荣现象"（蔡瑞珍，2015：41）。而作为传统汉学中心的欧洲，自 1974 年的美国会议后，"也把研究重心移向了中国现当代文学，当然研究的重点作家仍是鲁迅"（宋绍香，2011：29）。在后冷战时代（尤其是新世纪以来），随着各国政治与文化壁垒的逐渐破除、传播速率的大幅提升及人文学科研究路径的不断更新，英语世界鲁迅研究的视野愈加开阔多元，这不仅对本土研究更具参考价值，也能用于衡量中国文学及文化的海外接受情况。王家平（2008：26）认为，世纪之交的西方"对鲁迅作品作为艺术本体的阐释之风气日益浓厚"，此外吴钧（2011）和张奂瑶（2018）等学者也论述了鲁迅及其作品的海外译介情况，可见国内学界对新世纪英语世界鲁迅研究动态的重视。

但鉴于现有研究多为定性分析，暂缺少基于知识图谱的定量研究，为全面且直观地反映新时期英语世界鲁迅研究的现状与趋势，本文基于 Web of Science(WoS)核心合集数据库，通过 WoS 统计功能、搜索结果聚类引擎 Carrot^2 和引文分析软件 CiteSpace5.7.R3，从研究主体、学科交叉、热点问题和焦点作品四个层面，对新世纪以来的 129 篇论文进行计量分析，由此总结现状特点，提出可行建议。

2　数　据　收　集

本论文数据来源于新世纪以来在英语世界公开发表的期刊研究性论文、书评和会议论文。WoS 收录了一万余本学术期刊，并涵盖七个引文数据库，能为计量分析提供有效依据。笔者在 WoS 核心合集数据库中进行精确检索，检索字段为"主题"，检索词为"鲁迅"英译名，时间区间为 2000 年至 2020 年，得到有效文献 129 篇。其中，2000 年至 2013 年的文献数较少，年发表量自 2014 年起超过 10 篇，说明研究热度近年来有所上升，值得持续关注。

3　研　究　发　现

3.1　研究主体

经统计，所有文献共对应 127 位作者和 103 个机构。根据基数规模及分布情况，本文将最小记录数(即文献数)设置为 3，以呈现主要发现，结果见表 9-1。

表 9-1 主要研究主体

名　　称	记录
新南威尔士大学	10
寇志明（Von Kowallis）	10
哈佛大学	6
清华大学	5
华中师范大学	4
纽约大学	4
纽约市立大学	3
周杉	3
汪晖	3

在 3 位重要学者中，寇志明任新南威尔士大学中文系主任，其文批判分析了鲁迅的古典文章、诗歌翻译和诗学思想，在审思现有结论后提出了新解。周杉为纽约市立大学伯鲁克学院华裔教授，她基于民国早期相关史料揭示了鲁迅的读者群体和作品中的个人经历，填补了文化脉络中的部分空白。汪晖为清华大学中文系教授，他审思了鲁迅的文学论战、《破恶声论》中的善恶观及"反抗绝望"文学，剖析了鲁迅思想及国内影响力。

在 6 大重要机构中，新南威尔士大学对应的是寇志明的文章。哈佛大学的代表学者有王德威、应磊和马筱璐，研究内容包括鲁迅对佛教的批判和《狂人日记》里"疯癫"的文化嫁接。纽约大学的代表学者有王璞和张旭东，话题涵盖摩罗诗中的政治与诗学，和鲁迅杂文中作为历史与政治之形式与空间场域的"遗忘"。纽约市立大学对应的是周杉的论文。国内方面更注重对历史价值与中西交流的分析，其中清华大学对应的是汪晖、罗选民和封宗信，关注点包括鲁迅的文学精神、作为历史的小说叙事及作为暴力（violence）的译介思想。华中师范大学的代表学者有罗良功和皮宾燕，话题涵盖鲁迅的文化资本、诗歌作品和他与 Langston Hughes 的交往。

就合作率而言，129 篇文献中仅有 13 篇为作者合作，5 篇为机构合作，且高频作者和机构中无合作现象，由此能推测出英语世界的鲁迅研究以个人为主，也未形成机构间合作网络，这说明研究群体规模较小，研究团队尚不成熟。具体原因至少包括：国内鲁迅研究成果未得到有效译介，对鲁迅的域外推介作用小；鲁迅研讨会在欧美的影响力暂且不足；许多高校仅将鲁迅研究作为亚洲（中国）研究下的一个较小分支。由上述文献的分析视角可见，当鲁迅研究居于小众地位时（尤其是海外），学者们也在扩开学术空间，从作家创作和纯文本研究向社会科学和艺术审美等方向兼顾或转移，已成为"不可避免的一种学术抉择"（李凤亮，2017：73）。

此外，约 68.5% 的作者姓名为汉语或威妥玛氏拼音，他们大部分来自美国大学，说明研究者以在美华裔及华人居多，这与他们的文化身份及美国成为汉学研究重镇直接相关。如王家平（2009：307）所言，"在 20 世纪 90 年代初以降，华裔（及华人）学者的鲁迅研究成绩相当突出"，此传统于新世纪得到延续。同时，以寇志明和汪晖为代表的部分海外本土汉学家和中国学者也为鲁迅的域外传播作出了较大贡献。在相异的学术旨趣与立场下，这些学者的研究路径与基本观点也有所不同，需要加以区分。

3.2 学科交叉

经统计，129 篇文献共对应 WoS 设定的 22 种研究方向。为全面反映鲁迅研究中的学科交叉趋势，本文将最小记录数设为 1，详见表 9-2。

表 9-2　学 科 分 布

艺术与人文		社会科学		生命科学与生物医学		应用科学	
学科方向	记录	学科方向	记录	学科方向	记录	学科方向	记录
文学	52	区域研究	25	人类学	2	信息科学与图书馆科学	1
亚洲研究	46	文化(学)研究	15	环境科学与生态学	1		
其他主题	9	教育和教学研究	13	其他主题	1		
历史	5	其他主题	12				
宗教	3	语言学	11				
艺术	2	商业与经济学	5				
电影、广播、电视	2	政府和法律	1				
哲学	1	公共行政	1				
		女性研究	1				
		社会学	1				

注：129 篇文献中有 51 篇下属 2 个学科方向，15 篇下属 3 个学科方向。

　　由表 9-2 可见，艺术与人文和社会科学方向的文献最多，其中文学、亚洲和区域研究的记录数均超过 20。值得注意的是，近半数文学方向的文献同时下属亚洲研究学科，侧重于透过文学探析东亚的历史文化运动及政治经济变革，如《故乡》中的还乡叙事与新文化运动(王钦)和鲁迅的动物写作与民国时期的生物政治(Clint Capehart)。此外，文化(学)研究、教育和教学研究、社会科学其他主题和语言学的记录数均超过 10，其中部分为文学跨学科研究论文，有 7 篇来自文化(学)方向(如陈爱玲分析了鲁迅作品与明治时期男性气概话语的关联)，3 篇来自语言学方向(如 Ke Yang 解释了鲁迅短篇小说中来自现代美学的复杂写作技巧)。在非文学方向的文献中,从新视角评价作家思想、生平及后世影响则逐渐成为趋势,如王斑评估了鲁迅对美学范畴与文化危机、道德改革和民族构建之联系的探索。这种文本及作家分析与社会科学和艺术审美研究的交融互补,以及文化理论视角的多样性,同样体现在区域研究、历史、宗教和艺术等方向的文献中。

自 20 世纪八九十年代起,世界上原有的意识形态纷争逐渐被民族及民族文化的冲突所取代(王家平,2009:376)。同一时期,西方汉学界数次召开会议,以商讨学科发展走向。其中,美国汉学家魏爱莲(Ellen Widmer)与王德威在哈佛大学举办了关于"20 世纪中国小说与电影"的里程碑式会议,与会者"转向了对中国、中国人的主体性和'文化中国'的构建的人文思考"(任显楷,2008:586-587),此后欧美汉学界"文化研究大行其道"(陈水云、邓明静,2015:638),作家与文本的研究范畴不断扩展,学科交叉持续深化。除时代背景和研究小众性外,鲁迅研究中文化视角之盛行还存在一些内部动因。一方面,鲁迅深刻影响着中国及东亚民族文化,在与保守主义的"民族性"的互动中,他对中国劣根性予以深刻的解剖与辛辣的讽刺(迟蕊,2016:32),引领着中华民族的文化转型。此外,作为现代民族国家变迁期的东亚大文学家,鲁迅思想的革命性与启蒙性在东亚(尤其是日韩)文化中具有极强生命力,而对鲁迅文化地位的深入研究必然涉及美学、宗教、民族、社会和区域等学科元素。

虽然鲁迅研究尚未完全脱离传统的纯文本与作家创作分析,但视域更为开阔的文化研究已逐渐成为潮流。这些交叉学科路径最突出的特点是政治性和批判性,即分析批判具体的文化生产和文化制度(萧俊明,2000:70),基于此,学者们从各类社科、艺术和人文的理论视角重估了鲁迅对中国现代文学发展史、中华(乃至东亚)民族文化转型和中国现代化进程的影响,进而深刻认识到鲁迅作品及思想的文化价值与时代局限。但是，不同的学科背景和文化立场也导致了研究维度的分散和评价系统的差异，如要形成较大的社会和学术影响力，也需要借助各类研讨会和学术期刊，促进不同学科学者的交流和研究成果的整合。

另外，表9-2还呈现了理工类学科里的信息科学与图书馆学（如Charles Hayford 在 *Library Journal* 上发表的关于鲁迅创作的书评）和环境科学及生态学（如王惠君和 Zhang Dan 在 *Tourism Management* 上发表的鲁迅故里研究），及综合学科里的人类学（如彭丽君从鲁迅对上海咖啡文化的评论延展到男性知识分子的集体主体性（由 *Inter-Asia Cultural Studies* 收录）），表明新时期鲁迅研究中跨学科跨领域局面进一步多元化。这些文献虽然占比较小，且仅以论文形式传播，但对于全面探索鲁迅及其思想、扩展鲁迅研究的读者面及鲁迅在英语世界的经典化，都具有不可忽视的推动力。

3.3 热点问题

鉴于 WoS 部分文献缺失关键词，本文采用 Carrot[2] 的 Lingo 算法对标题和摘要中的名词术语进行聚类，通过频次反映热点问题。在得到初始图谱后，我们将 Phrase label boost（即多词（Multi-word）标签相对于单词（One-word）标签的权重）调整为5（满值为10），为多词标签赋予更大比重。本文将最小频次设为2，得到30个有效术语，详见表9-3。

表9-3 热点问题

研究问题	频次	研究问题	频次	研究问题	频次
鲁迅作品	30	鲁迅思想	9	文化交流	3
现代中国	25	《狂人日记》	9	香港	3
话语	13	新民族/国家	9	竹内好	3
鲁迅形象	13	翻译理论	9	传统女性	3
鲁迅人生	13	《朝花夕拾》	7	基督神学	2

续表

研究问题	频次	研究问题	频次	研究问题	频次
传统与现代	12	文化身份	6	电影工业	2
世界文学	11	毛主席对鲁迅的使用	6	早期古文文章	2
当代中国/中国人	10	美学思想	4	鲁迅杂文	2
文化民族主义	10	《野草》	4	摩罗诗	2
短篇故事	10	儿童文学	3	教学方法	2

在表 9-3 中，"鲁迅作品"为第一大聚类，显然文学批评仍是最大热点。由"短篇故事""《狂人日记》""《朝花夕拾》"和《野草》"可见，学者们对鲁迅短篇小说，尤其是《狂人日记》(如马筱璐的文章)、散文《朝花夕拾》(如顾明栋探讨了叙事中的国产(home-made)现代主义)及散文诗《野草》(如 Paul Foster 对 Nicholas Kaldis 相关著作的书评)有所偏好，这与鲁迅小说、散文和诗歌的文学价值及研究传统直接相关，也得益于多种海外译本的推介。而鲁迅的"早期古文文章"(如寇志明的文章)和"杂文"(如张旭东的文章)受到的关注则较小，与鲁迅论文及杂文的思想价值及国内热度不相匹配。

"现代中国"作为第二大聚类，不仅体现了研究背景，也是重要的时代议题和现代性场域。相近聚类"传统与现代""当代中国/中国人"和"新民族/国家"同样具有较大热度，如 Jerusha McCormack 探讨了鲁迅是如何通过写作启蒙与解放现代国民精神的，黄乐嫣(Gloria Davies)则分析了鲁迅作为"文革"时期毛主义图标(Maoist Icon)的合理性，时间轴上纵跨传统、现代与当代。这些研究以新历史主义为方法，从西方视角剖析了鲁迅的历史地位与后世影响，反映出对他与国家、民族和国民之关联的注重。

"话语"为第三大聚类，可见鲁迅的话语观念受到重视(如王璞对摩罗诗力说的探讨)。结合对"鲁迅形象""鲁迅人生"和"鲁迅思想"的分析，我们发现作家研究常涉及社会科学与艺术审美视角（如顾明栋探析了鲁迅对上海都市文化的看法，刘禾透过鲁迅人生经历梳理了现代中国的科学与玄学之辩，Chris Berry 则结合"拿来主义"分析了"台语"片电影行业的商业实践），体现了鲁迅作为文学家、思想家乃至革命家的角色多样性。以上对鲁迅的全方位讨论有助于丰富他的海外形象，促进他在英语世界的经典化。

此外，我们还能从小型聚类窥见一些新近热点。其中，"文化民族主义"和"文化身份"印证了 20 世纪 90 年代以来欧美汉学界文化研究的盛行。一方面，结合"毛主席对鲁迅的评价"（如黄乐嫣和 Fletcher Johnson 的"文革"主题研究论文）和"香港"（如林少阳通过鲁迅论文分析了香港与儒学复兴运动的关联），我们能发现研究者们对中国政治（尤其是毛主席时代）和哲学的关注，这反映出后冷战时代的民族文化观。另一方面，由"传统女性"（如 Andrew Stuckey 对《祝福》中无声女性的研究）和"基督神学"（如 David Jasper 的两篇论文）可见，许多学者正从性别与宗教视角分析鲁迅的文化身份。这些文献能反映学者们的文化立场和价值取向，帮助我们探寻鲁迅在海外的文化地位。

"世界文学"则反映了鲁迅作品分析中的世界眼光与比较视野，如 Roman Halfmann 对比了鲁迅与果戈理的《狂人日记》，陈德鸿和慕维仁（Viren Murthy）则关注到日本鲁迅专家竹内好。究其原因，本文认为，一方面，华人及华裔学者是从事比较研究的主力军，他们鲜明的比较意识主要源于海外中国现代文学研究的边缘性，这要求他们以欧美国家或其他民族的经典作品为比较对象，从而获得主流学界的认可；另一方面，也如 Andrew Jones（安德鲁·琼斯、文贵良，2012：7）所言，"那种以一个作家为主的研究方式越来越不时髦了"，比较型研究的空间也由此更大。我们相信这些探索跨区域文学生产及流通的文献能以其异于国内的知识体系和批评视角，对世界性和现代性中国现代文学研究体系产生积极作用。

此外，从"翻译理论"和"文化交流"可见翻译学者的参与，说明随着翻译在国际文学与文化交流中的作用日益凸显，鲁迅作品翻译、鲁迅译作及译本流通得到更多重视。一方面，部分学者考证了鲁迅的翻译工作事迹及译论见解，如马宗玲结合目的论探讨了鲁迅的儿童文学翻译动机，马克（Mark Gamsa）则详细考察了鲁迅的翻译与出版工作；另一方面，鲁迅作品的海外译介也受到关注，如 Liu Yueyue 分析了《天下月刊》对鲁迅作品的翻译态度及策略。这些研究不仅有助于构建鲁迅的翻译家身份，也能对当今本土翻译理论建设及中国文学海外译介探索带来一定启示。

3.4 焦点作品

热点文献和施引论文能有效反映鲁迅研究中的重要成果及其影响力。本文借助 CiteSpace，以 1 年为时间分区，得到 21 条被引文献，在将门槛（Threshold）设为 5 后，发现了新世纪以来英语世界鲁迅研究中的 4 部焦点作品及 29 篇施引论文，详见表 9-4。

表 9-4 热 点 文 献

作者	书 名	出版者	年份	频次
陈爱玲	*Literary Remains：Death，Trauma，and Lu Xun's Refusal to Mourn*	夏威夷大学出版社	2013	12
周杉	*Memory，Violence，Queues：Lu Xun Interprets China*	亚洲研究协会	2012	7
Andrew Jones	*Developmental Fairy Tales：Evolutionary Thinking and Modern Chinese Culture*	哈佛大学出版社	2011	5
黄乐嫣	*Lu Xun's Revolution：Writings in a Time of Violence*	哈佛大学出版社	2013	5

Literary Remains 探讨了鲁迅对现代性的着迷及他在现代性实验作品中对传统文学流派的转换性参与。作者将鲁迅作品中对"过去"的持续(persistence)理解为"他对中国现代性经验及……的批判性反应"(Xu,2014：251)。施引论文的研究内容既涵盖对现代性的探讨,如中日文化交流与迷思(陈爱玲)、革命与男性气质(陈爱玲)和性别与迷信(高莉(Gal Gvili)),也有不同现代作家的对比研究,如鲁迅与苏曼殊(Makiko Mori)、鲁迅与雪莱(孙宓(Emily Sun))。

Memory,*Violence*,*Queues* 从"记忆""暴力"及"队列"主题揭示出鲁迅对中国的历史记叙与隐性阐释,其中"暴力"聚焦于当时"毁灭年轻一代的政治暴力","队列"则联接着不同时期的"存在与中断"(the presence and cutting thereof)(Bailey,2014：586)。作者通过大量的视觉材料和传记式研究法,展现了鲁迅作为现代中国文学核心的历史重要性。施引论文的研究内容包括翻译与文本及历史(寇志明)、记忆与救赎(夏海(Shakhar Rahav))和革命与男性气质(陈爱玲),皆与本书主题紧密相关。

Developmental Fairy Tales 重新思考了中国现代性及后现代性。此书内容包括鲁迅与晚清冒险文学、自然史、民国历史和现代中国童话故事,延续了浦嘉珉(James Pusey)关于进化论与鲁迅关系的讨论,关注了作为"处于动物与人之间的一种存在"的儿童(李松、姚纯,2018：80)。施引论文的内容涵盖动物性与生物政治(Clint Capehart)、《死火》与幽暗意识(应磊)和翻译与儿童文学(Chu Shen),均对现代性和后现代性作出了延伸探讨。

Lu Xun's Revolution 回顾了鲁迅人生最后十年(1927—1936)的杂文创作及其读者接受。通过对鲁迅的个人情况、文学界的思想争辩以及当时中国社会的政治语境的深入考察,黄乐嫣阐释了鲁迅对中国语言与文学现代性的关键介入。4 篇书评的作者为黄芷敏、王一燕、舒衡哲(Vera Schwarcz)和寇志明,他们都围绕现代性展开了补充讨论。

　　新世纪以来，文化视角在英语世界鲁迅研究中盛行，以上 4 本著作和 29 篇施引论文与此趋向一致，同时又借由对鲁迅的再解读，将他置于现代化进程的标杆位置，凸显了对中国现代性乃至后现代性的思考。如王德威（2006：135）所说，海外现代中国文学研究（包括鲁迅研究）最重要的成果之一是对现代性的探讨。究其原因，一方面，中国现代化进程中总是充满着中国国情与西方现代思想的对立、妥协、交融与共生，随着 20 世纪八九十年代起国内外环境的变化，中国知识界开始呼吁重新解读历史，破除传统与现代的二元对立框架，从反思出发（汪晖，2018），重建五四以来尚未完成的现代性。这场行动也吸引了汉学界（尤其是华人及华裔学者）的密切关注，从夏志清、李欧梵，到王德威和刘禾，讨论仍在继续。另一方面，作为中国现代化转型期的重要思想家，鲁迅为现代启蒙确立了"立人"的终极目标，并在此基础上从"内源"和"外源"两方面为中国现代化确立了启蒙与革命的现代性选择（赵歌东，2011：32），自然能引发海外学界对他与现代性之关联的研究兴趣。

　　但在论述之余，鲁迅研究中的历史性辨析和实用性探索也非常重要。历史性指的是"时间和场域，记忆和遗忘……种种资源的排比可能……现代的观念来自对历史的激烈对话"（王德威，2006：135），强调的是通过观念交接来反思和辨别历史遗留，并立足当下展望未来。文学史与思想史的发展建构并非线性直行，而是"充满了不可思议的缝隙、断裂、回转、错位、重叠"（张英进，2013：35），中国的现代性进程同样如此，这深刻体现在鲁迅作品的阐释谱系及鲁迅本人的百年形象流变中，而无论是鲁迅作品中反映的晚清—民国史，还是鲁迅形象在国内及异域的传播与接受史，其中诸多问题与规律还有待多方位探寻与梳理。实用性则意味着由小见大和从理论到实践，求索鲁迅研究的现实价值和长远意义。新世纪以来，大国间政治文化关系正在动态变迁，中华民族的崛起受到世界关注，作为中国乃至东亚国家转型期的引领人物，鲁迅的启蒙思想对当今世界也具有一定借鉴意义。由此，学界可考虑在综观历史的基础上融合历时视野和对话精神，从鲁迅研究延伸到中国文学体系发展过程中的危机与挑战，并在当今特殊历史文化语境下提炼中国现代文学的经验与价值，继而思考鲁迅、鲁迅作品乃至中国文学如何对转型与变革中的当今世界作出应有贡献。

4 评价与展望

在前文中，我们通过 WoS 统计功能、Carrot^2 和 CiteSpace 直观呈现了新世纪以来英语世界鲁迅研究的主要特点与趋势。基于上述发现，本文总结出以下三点：

其一，华裔及华人学者是主要研究者，且大多来自美国高校，整体上合作率较低。这种研究小众性导致的跨学科学术需求与鲁迅作品及思想的文化价值、后冷战时期的民族文化观和欧美汉学界的整体文化转向，共同促成了鲁迅研究中文化理论潮的多元化拓展。传统的文本及作家研究与社会科学和艺术审美研究交融互补，其中政治、哲学、性别与宗教等因素受到重视。这些研究成果能为国内学界提供有益经验，但在提炼各类文化理论及跨学科路径的价值时，我们也需要防范对理论的过度依赖和先入为主，时刻保持文化研究的批判性，同时将文化身份与政治立场纳入对海外学者的考量中。此外，跨学科跨领域整合潜力颇大，随着学科壁垒破除和研究方法的更新，理工类和综合类学科视角的融入将有助于我们更全面地理解鲁迅和反观自身，于是促进不同学科学者的辩论交流与研究成果的系统整合也更显重要。目前，人文社科界正在经历技术(可面向文本计量分析和多模态影视改编研究)、认知(可面向读者情感与心理研究)和伦理(可面向教学中的道德评价)转向，学界还可商榷可行路径，由此拓展鲁迅研究视野，吸引更多海外读者。

　　其二，传统的作家与文本研究仍占据较大比重，但具体研究范围在新时期得到拓宽，呈现出多个新特点。一方面，除创作研究外，鲁迅的形象、思想和影响力持续得到西方重点关注和深入剖析，这反映出他在英语世界稳步上升的认可度。为深入探讨鲁迅思想的源头与转变，汉学界还能考虑学习国内成果，从鲁迅家庭、周氏兄弟及日本师友中寻找更多线索；此外，海峡两岸暨香港、澳门不同时期教材对鲁迅作品的使用和评价，及国内外鲁迅研究会的论题宗旨也可为形象及影响力研究提供理据。另一方面，文学研究的视野更加开阔，作为中国文学旗帜的鲁迅与其他民族经典文学间的联系受到重视，这不仅得益于华裔及华人学者的内在比较意识，还与欧美文学界对比较型研究的学术需要相关，但是我们也需要区分被动与主动的比较模式，在尊重中西文学差异的前提下，辨析鲁迅作品乃至中国文学独特的民族性与世界性。此外，鲁迅的小说、散文诗、译作和作品译本都引发了学界研究兴趣，但论文、杂文、信件、日记、序跋、随笔、讲义(如《中国小说史略》)、小说改编舞台剧及连环画(如《孔乙己》)的相关文献尚且有限，也鲜有针对鲁迅思想与作品体裁之关联的讨论，这与海外研究传统以及译本推介效度紧密相关，学术潜力颇大。

　　其三，在热点文献和施引论文中，学者们通过将鲁迅置于中国现代化进程的标杆位置，凸显了对中国现代性乃至后现代性的思考。此外，"传统/现代中国""新国家/民族"和"当代中国/中国人"作为热点问题，也揭示出海外研究者对中国现代性发展脉络及鲁迅与国家、民族和国民之关联的兴趣。这与鲁迅在中国及东亚近现代历史上的划时代作用和对新中国的长远影响紧密相关，却也隐含了英语世界对中国的"他者"凝视与文化批判。面对海外学者对鲁迅的不同解读，国内学界可取其精华，博采众长，在交流与审思中发展出中国文学的现代特色和中国特色的现代性。此外，在地域交流与时代对话更为紧密的新时期，鲁迅研究中的历史性与实用性思考都显得更为不可或缺。一方面，我们可尝试在

"传统、现代与当代"时间轴线上有机结合各类史料档案(如不同时期对鲁迅文学家或革命家身份的侧重程度和对"狂人""阿Q"及"祥林嫂"等典型人物的历时评价),还原到客观语境辩证分析现代性脉络中的问题及结果、必然与偶然、现象及本质、中心与边缘等,进而展开基于不同立场的对话。另一方面,我们亦可立足当下,从文化转型、国民性批判和个人道德责任等方面商讨鲁迅作品乃至中国文学对当今世界的现实意义和未来启示。

◎ 参考文献

[1] Bailey, A. Memory, Violence, Queues: Lu Xun Interprets China by Eva Shan Chou[J]. *The China Quarterly*, 2014, 218(04): 585-587.

[2] Xu, H. Literary Remains: Death, Trauma, and Lu Xun's Refusal to Mourn by Eileen Cheng[J]. *Chinese Literature: Essays, Articles, Reviews (CLEAR)*, 2014, 36(1): 251-254.

[3] 安德鲁·琼斯,文贵良. 进化论思维、鲁迅与现代中国——安德鲁·琼斯教授访谈录[J]. 现代中文学刊, 2012(2): 4-9.

[4] 蔡瑞珍. 文学场中鲁迅小说在美国的译介与研究[J]. 中国翻译, 2015(2): 37-41.

[5] 陈水云,邓明静. 欧美地区中国文学史书写及其方法、特点、意义[C]// 韩进,编. 海外人文社会科,学发展年度报告 2015. 武汉:武汉大学出版社, 2015: 596-651.

[6] 迟蕊. 鲁迅的"国民性"概念辨析——从与"民族性"概念的关联出发[J]. 鲁迅研究月刊, 2016(1): 24-33.

[7] 李凤亮. 走向跨地域的"中国现代诗学"——海外华人批评家的启示[C]// 李凤亮,编. 中国比较文学 30 年与国际比较文学新格局. 广州:暨南大学出版社, 2017: 69-74.

[8] 李松,姚纯. 美国本土汉学家的鲁迅研究[J]. 湖北大学学报(哲学社会科学版), 2018(4): 74-82.

[9]任显楷.北美汉学家中国文学研究概况：流变、著作、观点[C]// 王晓路，编.北美汉学界的中国文学思想研究.成都：巴蜀书社，2008：579-607.

[10]宋绍香.世界鲁迅译介与研究六十年[J].文艺理论与批评，2011(5)：22-34.

[11]汪晖.在九十年代反思现代性[N].三联生活周刊，2018-10-8(1007).

[12]王德威.海外中国现代文学研究的历史、现状与未来——"海外中国现代文学译丛"总序[J].当代作家评论，2006(4)：132-136.

[13]王家平.世纪之交西方鲁迅研究的新趋势(下)[J].鲁迅研究月刊，2008(12)：21-27.

[14]王家平.鲁迅域外百年传播史[M].北京：北京大学出版社，2009.

[15]吴钧.论鲁迅诗歌英译与世界传播[J].山东社会科学，2011(11)：60-62.

[16]萧俊明.文化理论的兴起[J].国外社会科学，2000(2)：69-74.

[17]张奂瑶.鲁迅小说英译本在美国的接受研究——以王际真译本、杨氏夫妇译本和莱尔译本为例[J].北京第二外国语学院学报，2018(5)：84-96.

[18]张英进.从文学争论看海外中国现代文学研究的范式变迁[J].文艺理论研究，2013(1)：28-38.

[19]赵歌东.启蒙与革命鲁迅与20世纪中国文学的现代性[M].北京：中国社会科学出版社，2011.

[20]郑心伶，梁惠玲.美国鲁迅研究概述(一)[J].海南师院学报，1992(3)：101-105.